「我聽說在這個世界上會有一個跟自己完全一模一樣的人存在，我搞不好真的遇上了……」

— 血祭雙生 · 神崎 墨

血祭雙生

温妮

小道

人物介紹
Characters

神崎 墨，女，十九歲

一出生就被母親決定了放水流的命運，所幸遇上好心的孤兒院長收留並取名「李小墨」。
長得跟小緋一模一樣，從小個性內向安靜，很容易把情緒隱藏起來。

神器：八咫瓊勾玉，一顆尖辣椒形狀的墨玉墜，可以自由變換成任何防禦類武器。

神崎 緋，女，十九歲

被父親決定為當代神祇的繼承人，個性愛玩又好強。
對於繼承神祇一事感到十分排斥，不願意練武術，整天只沉迷於人間的產物，例如電腦。

神器：八咫鏡，除了能照出原形之外，還能將其他兵器自由轉換成八種型體，屬於攻擊類武器。

皇苗 萌玥，女，二十歲

雖為女流之輩，但不影響自身散發出來的神族氣息，才剛繼承「南城」不久就一天到晚想要合併北城。
實力不如靛君所以之後打算跟地獄魔帝合作，一統天界的江山。

秋山 修，男，十九歲

北城式神之子，從小聰穎過人並與小緋是好朋友，會帶她去人間冒險，最喜歡蒐集人間的東西。
雖然曾被警告過不可擅闖人間，但他仍敵不過小緋的哀求常常往返。

神器：天叢雲劍，據說曾用於斬殺八岐大蛇，若與兩種八咫神器融合後將有驚人效果。

神崎 靛，男，年齡不詳

當代神祇，大家都稱他為「靛君」，主要的工作是掌管整片北城的一切大小事。
對小緋十分疼愛，也許是想在她身上彌補當初下令剷除另外一個骨肉的遺憾。

血祀ふたご
—血祭雙生—

目錄

第一章：北城 6
第二章：手足之情 18
第三章：抉擇 30
第四章：孤兒院 41
第五章：人間之旅 54
第六章：新的國度 66
第七章：重回故鄉 78
第八章：身分曝光 91
第九章：神器交替 105
第十章：取捨 118
第十一章：兩城之戰 132
第十二章：轉折 146
第十三章：黑暗的邀請 159
第十四章：相殘 172
第十五章：重寫預言 186
後記 201

第一章：北城

在無法考究的遠古時代，世界統一由「八卦」來管理，他們分別是：乾、兌、離、震、巽、坎、艮、坤。他們沒有一定的形體，但卻將整個世界依照有無神力而創造出三大種族：神族、魔族、人族。

神族交付由「創世神」來管理，其下的族人擁有可大可小的神力；沒有神力者則是交給人間的「人皇」作爲統一管理；最後，人神共憤的扭曲靈體將會到達地獄，化成魔族的一員，統一由「魔帝」作爲掌管。

爲了世界平衡，就算種族間彼此互相較勁，除非有一族被滅亡，否則「八卦」是不會參與三個種族間的一切事物。

魔域在十分深層的地底，通常來到這裡的靈體都充滿怨恨、悲傷等等負面的情緒，而管理魔域的魔帝一直很希望可以統一天界，讓自己成爲稱霸世界上的「唯一神」。但光明永遠強於黑暗，若非心智被迷惑，創世神的力量將永遠與神族同在。

人間在盤古開天闢地之後分成了好幾塊，隨後女媧造人，傳唱出歷代永不衰的神話。

創世神在各個區域選出「神祇」以代替自己統領偌大的天界，這樣自己就可以清心的做些自己想做的事情。

順帶一提，身爲「神祇」最重要的就是以國家爲重，而成爲神祇與其夫人、子嗣則有個好處：他們的外表年齡看起來永遠不會老，男性的外觀最多只會成長到三十歲，女性則是二十五歲。神祇還有停止時空的能力，他們可以活到一千歲，但必須在滿八百歲之前，將神祇之位傳承給下一代，否則就會遭受創世神的處罰。在那之前他們可以選擇自己想要有多少子嗣，而那些子嗣可以在神祇指定的年代開始長大成人，也就是神祇與其兒女的歲數差到七百歲以上都有可能。

天界的北方有一大片土地，放眼望去遼闊無邊，也因位於北方而被創世神稱爲「北城」。北城的第一代神祇將其管理得很好，同時也一直不停的擴大自己的領土範圍，而且都是智取，並不是蠻奪。

在享受事業有成的同時，第一代神祇也獲得了美好的天倫之樂。

「恭喜大人，夫人生了一對雙胞胎兒子呢！」產婆開心的與侍女一人抱著一個嬰兒，從臥房裡走出來。

「雙……雙胞胎？」神祇驚訝的看著襁褓中的男嬰們，明明妻子在懷孕時，肚子這麼小一顆，裡頭竟也裝了兩個如此天真無邪的天使。

「是啊！他們濃眉大眼的樣子跟您很像呢！還有這小巧可愛的嘴型，跟夫人是如出一轍。」產婆開心的哄著懷裡的兩個孩子。

襁褓中，兩個孩子伊伊呀呀的發出聲音，彷彿向未知的世界宣告王子們的降臨。

「那……哪一個先出生的？」縱使兩個孩子都十分可愛，卻得有兄弟之分，畢竟身為兄長可是要繼承下一代的神祇之位呢！

「這……因為太過開心了……所以並沒有特別注意哪一個孩子先出世……」產婆臉上的笑容在聽完神祇的問題後便僵住了。

產婆替神祇接生孩子是一件至高無上的光榮事，即便之後出了皇宮，自己接生的價位也能水漲船高，因此興奮之餘哪還有多餘的精力去看誰先誰後。

「這樣啊……那就……由你來當哥哥吧！」神祇接過在侍女手中張著圓滾滾的大眼、臉上還帶著笑容的男孩，自己決定了長幼。

為了讓他們成為未來北城最強的神祇及輔佐，當代神祇請來最高明的武者輪流教導兩兄弟武術與劍術。

「伊哈！」這天，當大王子——子程正在武術場專心練習時，一匹高大的駿馬從門口衝入。

「呃啊！小弟，你這樣很危險！」躲過疾衝而入的馬匹，子程翻了個跟斗，踏在一旁的牆上接著一個後空翻，完美的身型在空中畫出一道美麗的弧線，隨後雙腳落地，單手撐在地上。

「哥！這樣才刺激啊！哈哈哈！」頑皮的二王子——子勛拉起韁繩，整個人從馬背上向右倒，在頭快著地的同時用雙手撐著地，雙腳用力的往上一蹬，整個人前翻了一圈微蹲在兄長面前。

「找我什麼事？」拉了拉露趾的手套，子程沉穩的問。

「喔喔！我今天去市集看到一條還不錯的玉珮，想買回來給父親大人作爲生日禮物。」子勛拍了拍身上的灰塵後說。

「哦？什麼樣的玉珮？會不會很貴？」勾起子程的好奇心後，兩人朝著屋內的書房走去。

「一條鑲有藍色圖紋的玉珮，色澤很美，就跟琥珀一樣，不過我覺得是還蠻貴的，要十萬丹。」子勛將雙手交叉後放在後腦勺，無所謂的說。

「十萬丹？那還好啊！如果真的好看就買給父親大人作爲壽辰之禮吧！」子程推開書房的門，迎面撲來一陣書卷氣。

「哪裡還好啊？母親大人每次給我們零用錢都只給一千丹，這樣我要存很久欸！」子勛不滿的說。

「不然我幫你出一半？」子程瞥了自家弟弟一眼之後，嘴角慢慢的上揚。「你就是專門來跟我平分那玉珮的價錢吧！」

「嘿嘿嘿！被發現了。」吐了吐舌頭，子勛俏皮的說。

「看在我們從小感情就很好的份上，我就破例幫你出一半的錢吧！」子程拿出一本書，替自己倒了一杯只有神祇才能喝、用於提高自身攻擊力與防備力的翠水，深藍色的水澤，喝起來有種淡淡的清香與涼爽的口感。

「耶！哥哥對我最好了！」歡欣鼓舞的子勛在一旁手舞足蹈。「不過將來還是我會繼承神祇。」子程冷不防的因子勛這句話凝結了手上的動作。

「你這麼想成爲繼承者啊？」隨後子程笑笑的飲了一口翠水。

「那當然，身爲神祇是多麼威風啊！登高一呼便可攻城掠地，這樣的權力可不是每個人都有的，但哥哥你放心！我當上神祇後一定會記得提攜你的！」

「那我去跟父親大人說我放棄繼承權好了！」

「欸欸！哪有人這樣的啦！我才不要你讓我呢！我要在格鬥場上把你打敗，這樣才有成就感。」

「你怎麼確定父親大人會讓我們用格鬥決戰訂出誰是繼承者？父親大人奪取天下靠的都是智取，你不怕他就突然要我們展現智慧？」

「啥！如果是這樣那我穩輸的啊！」看著弟弟哀怨的樣子，子程微微的笑著。

從以前開始，子程與神祇的相似度就比較高，懂得運用智慧解決事情，相反的子勛就比較驍勇善戰，不喜歡讀書，自己覺得力氣就能夠戰勝一切，但憑著一股蠻勁倒也練就出強大的力量。

「叩叩叩！」正在兩人開心交談的時候，門的另一頭傳來侍女的呼喊聲。「子程殿下、子勛殿下，神祇大人請二位到大殿。」

「父親大人找我們？哥哥你先去，我已經跟那商家訂了那條玉珮，我去去就來，幫我拖延個幾分鐘。」

「欸你！」還來不及阻止，子勛就已經消失無蹤了。

「這傢伙是來給我添亂的是吧！父親大人宣召竟然想遲到又開溜？」子程將翠水一口飲盡，頓時身體感到沁涼不少。

「請問王子殿下，有需要我向神祇大人拖延嗎？」已經了解兩兄弟個性的侍女鞠了躬後說。

「沒關係，我先去找父親大人。」子程稍稍整理了儀容後便前往大殿。

挑高的設計與精美的花紋雕刻在旁邊的牆上，記載了神祇智取巧奪其他國家的輝煌事蹟。偌大的宮殿裡高架著一張深綠色的書桌及椅子，讓神祇可以在文武百官早朝時，居高臨下的看著自己的部屬，同時讓他們向自己報告管轄區域的一切大小事。

而現在，神祇正坐在書桌前批閱著早上那些官員們送來的奏摺。

「父親大人。」子程在侍女通報之前率先開了口。

「來了啊！你弟弟呢？」神祇抬頭看了一眼，發現雙胞胎少了一個。

「弟弟他正在宮外，已經派人將他尋回了。」

「好，那等你們兩個都到的時候，我再一起說吧！」

「父親大人，兒臣冒昧請問，是有關於什麼樣的事情呢？」

「繼承者。」

短短的三個字掀起子程內心一陣波濤洶湧。「這麼快，父親大人就要決定誰是繼承神祇的人了嗎？」

「嗯！」依然是簡短的回話，這是神祇對他們兩兄弟一貫的應對態度。

「請問父親大人要用什麼方式決定呢？是智慧的評比，還是武術的對擊？」

「你今天話很多喔！我剛剛說等你弟弟來再說。」停下手中的鵝毛筆，神祇抬起頭來看著眼前與自己有幾分像的大兒子。

「對不起，兒臣失禮了！」看見父親不悅的眼神，子程連忙單膝半跪。

而神祇只是繼續批閱著奏摺，並沒有多說什麼。

「啊啊啊！對不起我遲到了、我遲到了！」父子間的沉默並沒有持續太久，隨後門外便傳來一陣喊叫，神祇抬起頭，臉上的青筋已經來到極限，就快爆了！

「你小聲點，大殿怎可以讓你這樣亂喊叫呢？」子程敲了一下子勛的頭，後者帶著哀怨的眼神看著自家哥哥，隨後發現他與父親之間的氣氛好像不太對，便也收起嘻笑玩樂的態度。

「既然你們兩個都來了，那我就開門見山的說吧！」神祇將鵝毛筆重新插回墨瓶裡，直視著兩個相同容貌的王子。

「你們也老大不小了，過了今年就算是成年者，而我也將在明年宣告退位。畢竟一任神祇的任期是八百年，若不退位，創世神將會將國土收回，所以我今天會決定誰是下一代的繼承者，接著在明天的慶典中宣布。」不疾不徐的說完自己傳召兩個兒子來到大殿的理由，神祇停了一下。

「請問父親大人，要如何決定誰是繼承者呢？」子程關心的問。

「你就是繼承者，而你弟弟將會以輔佐的角色幫助你治國。」

「什……什麼？」兩位王子都驚訝的看著對方，不敢相信父親就這樣決定了誰是繼承神祇的人。

「父親大人，我認為這樣有失公平，是否應該讓我與哥哥一較高下後再決定會比較合適呢？」子勛立刻替自己爭取成為神祇的機會。

「他是長兄，也是嫡長子，自然就是他來繼承我的位子，你身為弟弟，應該盡到的是輔佐兄長的職責，而非在這裡跟我爭論誰該繼承。」

「可是……」

「沒有可是，你們雖為雙胞胎兄弟，但所擁有的能力並不同，而我是神祇，只需要按照我的話去做就好。」

「父親大人這樣並不公平！」子程想反駁，卻被神祇揮了揮手，阻止其繼續說下去。

「先離開吧！就這麼決定了。」神祇站起身，走回後面的房間。

兩位王子各自心情複雜的離開了大殿。爲了避免尷尬，子程回到了自己的房間，而子勛則漫無目的的在宮殿裡遊蕩。

「欸欸欸！你們聽說了嗎？神祇大人決定了子程殿下是繼承者了耶！」

「真的假的？可是這樣對子勛殿下很不公平不是嗎？」

「子程殿下是嫡長子，自然就該接下神祇的位置啊！」

「可是當年，神祇大人不是隨意決定誰是哥哥的嗎？」

「天啊！妳怎麼知道的？」

「我的祖先就是當年與產婆一起去接生的侍女，這個秘密只有我們家才知道，她說那時候神祇抱了他手中的王子，決定他是哥哥，但其實神祇大人並不知道誰先出生。」

「唷！那我覺得子勛殿下好可憐喔！他搞不好才是先出生的耶！」

子勛原本以爲自己只要過一些日子就可以接受這樣殘酷的事實，沒想到竟無意間聽到侍女們的談話內容。「妳們說的都是真的嗎？」

「二……王子殿下！」兩個侍女一看到是子勛，連忙跪下。

「你們剛剛講的是不是真的？」彷彿找到一線曙光，子勛逼問著。

「是……是不是真的我不敢斷定，但這些都是母親告訴我的，她說那時候幫忙接生的侍女是夫人的貼身丫環，所以我想……應該是真的……」侍女唯唯諾諾的應著。

「原來父親擅自做了決定……」喃喃自語一番後，子勛便跑回大殿。

「父親大人、父親大人！」還沒進到大殿，子勛又習慣性的大喊著。

「不是跟你說不要這樣大呼小叫的嗎？」神祇皺著眉頭從後頭的房間走出來。

「父親大人，兒臣有一事想問。」

「說吧！」

「我和哥哥是雙胞胎兄弟……那敢問父親大人，請問您是如何決定我們誰是哥哥、誰是弟弟的呢？母親大人臨盆的時候，您是男人，應該無法進入當時生產的房間才對。」

「你……你是怎麼知道的？」

「我怎麼知道的不重要，重要的是你竟然自己決定了誰是兄長、決定了繼承者是誰，那我這些年來的努力是不是全都白費了？」子勛開始激動的喊著。

「注意你跟我講話的態度。」神祇發現事情不對勁，眼前的小兒子怎麼會這麼在意誰是繼承者？

但君無戲言，自己已經決定了誰是接班者，就算天塌下來也不能改變。

「我不會甘心的！我會用自己的力量證明，我比哥哥還要強大，我比他更適合管理北城，我才是最適合的人選！」子勛咆嘯著，就在神祇還來不及阻止的瞬間，他憤而衝出大殿。

「這孩子……怎麼會對這件事情有這麼大的反應？」神祇皺了眉頭，有種風雨欲來的感覺。

從這天之後，子勛的個性就完全變了，不再對神祇與兄長溫順謙卑、不再對宮廷的侍女們彬彬有禮，取而代之的是凶殘與暴戾的個性，連對市井小民都很不客氣，大家都傳言子勛被魔鬼附身了！

「神祇殿下、大王子殿下，不好了、不好了呀！」正當子程跟在神祇旁邊學習治理國務的時候，門外傳來吵雜的聲音，但與其說是吵雜，不如說是哀嚎還比較恰當。

「慢慢說，到底發生了什麼事情。」放下手中的卷宗，神祇和子程疑惑的看著神情緊張的隨從。他的眉頭皺成一個「川」字形，發紫的雙唇微微顫抖著。

「二王子……二王子他密謀造反，帶著大批軍馬從南牆殺進來了。許多百姓都犧牲了性命，事情來得太突然我們不知道該如何應對。」來通報的隨從跪趴在地上，說出那令人寒毛直豎的消息。

「什麼？他不要命了是吧！」子程一聽連忙拿起放在一旁的配劍衝出大門，集合了宮殿裡所有的好手準備還擊。

「他進入南牆多久了？」子程一邊拉著手套，一邊向身邊的人詢問。

「大約三刻鐘，就快攻過來了！」一個身穿戰服、頭戴鋼盔、滿臉鬍渣的男子報告著，看樣子他應該就是率領隊伍的將軍。

「正面交鋒吧！以百姓爲重，能救多少盡量救，我會掩護你們！」子程沒有一絲猶豫的下達了命令，隨後騎上馬匹帶著許多士兵朝南牆前進。

就他的表現而言，的確是沉穩而有條理，實不失爲一個統理國家的神祇，在馬背上的英姿與氣勢也頗有王者之風。先不論他是否爲嫡長子、是否有可以繼承神祇的資格，光是那一句「我會掩護你們！」就足以帶動士氣、足以讓很多人心甘情願追隨他。

不知奔跑了多久，兩兄弟終於在戰場上見了面，子勛的臉上猙獰不已，殺紅眼的想奪取王者之位。原本單純的笑容已不復見，取而代之的是凹下去的雙頰、空洞無神的眼睛還有詭異的笑容，而最令大家感到驚悚的，是從他的脖子開始往上蔓延至額頭的符文。

第二章：手足之情

「你跟惡魔打交道了？」驚見子勛的樣子，那與傳說中所形容「與惡魔談條件」的樣子根本如出一轍，他不懂爲什麼弟弟會做出如此不明智的決定。

「你如果要王位，我讓給你就是了，爲什麼一定要弄到民不聊生？」子程見弟弟沒有回應，自己也感到很錯愕。

「我不需要你的同情，我要在這裡打敗你，讓北城所有的人都知道我才是最適合成爲神祇的人。」子勛的聲音已經完全不是他自己的了，忽男忽女的嗓音讓在場的人都起了雞皮疙瘩。

「你知道跟惡魔打交道會有什麼下場嗎？」子程看著子勛臉上的符咒忽明忽暗，暗自著急了起來。

「不管會有什麼下場，北城我都要定了。」話語剛落下，子勛騎著馬快速朝子程奔來。而在馬匹的後面，子程清晰的看到一隻足以覆蓋整個天空的黑色惡魔，咧開血紅色的雙唇，頭上的角爬滿了跟子勛臉上一樣的符文，隨著子勛的馬匹往自己的方向奔馳而來。

「還不來加入我們嗎？你從小到大用心呵護的弟弟已經對魔族投懷送抱了唷！」一旁的惡魔看

好戲般的嘲笑著子程的無知與無能，而不忍傷害手足的子程被子勛打得節節敗退。子勛的意識終究敵不過惡魔的侵襲，現在雖然還留有身軀，但裡面的靈魂已經被永久禁錮在黑暗中，取而代之的是接收身體的惡魔意識。

「無論他變成什麼樣子，他始終是我的弟弟，但如果他體內只有惡魔的氣息，我會毫不留情殺了他。」面無表情的子程，有幾人能夠知道此時的他內心掙扎不已呢？

「看樣子你們的雙親教育得挺失敗的！我隨便下個命令，他就會對你做出致命的攻擊，而你卻不忍心還手。這樣的兄弟情誼還真脆弱、殘破不堪吶！」

「住口！你這種人根本不配評斷我的家人，更何況子勛是被你控制了！」子程語畢，只見自家弟弟微微一笑，肩與臉上符文圖騰再次閃爍。子程手中的劍越握越緊，彷彿只要一個小小的動作，就會大動干戈、將其殲滅。

「天真的神族，你真的以為你可以一輩子保護他嗎？但很可惜，你的聲音已經無法引領他的意識了，與被惡魔侵襲過的神之血脈對抗，你是完全沒有勝算的。」惡魔用子勛的形體嘲笑著子程的無能。面對過去疼愛的弟弟，子程咬緊牙關。

「就算沒有勝算……」子程低著頭，隨後以迅雷不及掩耳的速度衝上前。

「哥哥……」子程正準備刺下去的瞬間，子勛用原本的聲音開口，呼喚了曾經是自己最敬愛的兄長。

「……你！」鬆懈了戒備，但也在此時，子程的身上被劃開了一條又一條的血痕。

「哥哥……你不是說過要專心嗎？」帶著一抹淺淺的微笑，子勛手中沾滿了神祇繼承者的血液，順著指縫帶點絲綢狀的慢慢滴在地上，形成不規則的圖形。「爲什麼不反擊呢？我還想知道自己的實力是不是足夠與你匹敵了呢！」

子勛歪著頭，臉上帶著笑容蹲在倒地的子程前面。

「就算沒有勝算……我還是要帶你回來……」子程小聲的說著。而子勛的眼神依然空洞、笑容依然殘留、態度依然輕挑，但從那空洞的眼眶中，細細的流下了兩行淚水。

因爲他看到子程拿出了不久前自己準備送父親大人的玉珮。當時因爲憤怒父親大人擅自決定繼承者而將玉珮摔成兩半丟向大海，但子程借助海民之力找回了破碎的玉珮並將其復原，上面還刻有自己與家人的名字。

「與惡魔交涉是不可能再回到過去的，讓你的雙手沾滿神族的血液吧！用那些血洗去你心中的委屈、蓋過你心裡的不平衡，殺了他！」惡魔輕巧的徘徊在眼神空洞的子勛身邊，後者只是雙手握拳、面無表情的看著與自己有相同臉龐的人在血泊中掙扎。

「給我殺了他！徹底的殺了他！」惡魔冷冷的下了指令，而子勛就像傀儡一樣慢慢的走向前。

空洞的眼神、輕輕的微笑，子勛失去了自己的意識，舉起惡魔交給自己的劍，對準了眼前雙胞胎哥哥的心臟。

「父親所引起的紛爭與罪孽，就讓我來替他還吧！」就像是理解了什麼一樣，子程閉起雙眼，不再反抗。

「留雙生子，必有禍臨；滅取其一，得保社稷。」幾乎是同時從兩位王子的口中說出了這樣的語句。

「殺了他。」冷冷的三個字一出，只見那把劍在神之血脈的手裡迅速落下，在刺入體內的瞬間，倒地的繼承者微微顫抖著，血液從他的身上濺出，有的在一旁的地上形成一朵朵血花，有的拉開了一條美麗的弧線，同時也染上了另一張一樣臉譜的雙頰。

隨後劍被拔出，猛地再度刺進了倒地之人的體內，就這樣來來回回，直到眼前的兄長沒了呼吸、沒了心跳。

「為什麼不逃走呢？哥哥……哥哥……哥哥，對不起……哥哥！」

用劍撐著自己的身體，子勛半跪在屍體旁，臉上依然帶著笑容，但更多的是早已滿面的淚水。

「不想看……就不要看了吧！」惡魔走到子勛的身後，遮住了他的視線，同時也將其靈魂一口吸入嘴裡，燃燒殆盡。

而就在那雙手覆蓋住自己的眼睛之前、就在那一切都將消失前，子勛看到兄長的臉上，如同自己一樣掛著笑容。

隨後北城失守了，所有的建築物都葬身火海，延燒了好久好久，直到一切都成爲廢土、直到創世神降下了甘霖。

「爭奪神位竟讓原本和樂融融的北城、比任何地區都還要強大的北城遭到殲滅，唉！」創世神搖搖頭將兩兄弟生前所唸的那句話當作北城的咒語，爲了避免重蹈覆轍，所有生下雙生子的家庭都必須擇其一、捨其一。

※

時間又過了好幾千年，歷代的神祇遵循著類似「祖訓」的咒語，北城也彷彿是被這條詛咒綑綁了一樣，許多雙生子一出生就面臨被分別的命運，直到第七千五百六十三代神祇爲止，都保持著北城的平安與順遂。

但是骨肉相連，孩子哪裡是說割捨就能割捨的呢？更何況還是自己心愛的妻子努力懷胎十個月，冒著生命危險產下的子嗣，怎能說不要就不要？

於是當第七千五百六十三代神祇的孩子們出世後，他毅然決然挑戰這條「咒語」，他要將兩個雙生子都留下來、更要努力拉拔他們成長。

「這樣萬一再度滅城，該怎麼辦？」產後的神祇夫人虛弱的躺在床上，當代神祇愛憐的撫摸著她的髮絲，輕輕的在她的雙唇上點了一下，安慰著她的不安。

「不會被滅城的。」神祇說道：「我相信詛咒會在我們這代被破除，兩個孩子都會平安長大，直到結束自己的生命。」

「如果真的能這樣就好了。」看著在襁褓裡的大小王子們，神祇夫人感到一絲隱憂，但愛子心切的她也不願意送走任何一個孩子。

時光飛逝，兩位王子就如同當年的子程、子勛一樣，驍勇善戰、足智多謀，身受人民的愛戴，但命裡注定的終將逃不過，終於來到決定兩位王子誰是繼承者的日子，

「為什麼？為什麼是他？我是哥哥，為什麼繼承者不是我？」從宮殿外都能清楚的聽到大王子的咆嘯聲。

「我決定的事情不要再爭論，就這樣吧！」當代神祇皺了眉頭，將王子們趕出了大廳。

「不！父親大人，我是嫡長子，繼承神祇的人應該是我呀！」

「傳位必須要傳賢不傳長才得以保障國家的安定，我既然決定要將王位傳給子嗣，就必須從你們兩個當中選出賢能者。在其它方面你的條件不比你弟弟差，但是在待人處事這方面，你的個性稍顯孤僻，不畏懼旁人眼光雖然好，但你弟弟比你更懂得掌握人際關係的相處。」

「光是這點無法說服我成爲輔佐弟弟的大臣。父親大人，請讓我們兄弟倆展現自己的智慧與能力吧！讓我們一較高下，讓所有北城居民選出他們心中最理想的神祇。」

「你身爲長兄，對於我的決定不但不予尊重，還處處挑戰我的權力，由此可見你的心智並不夠成熟。就這麼決定了，不需要爭論。」

「都什麼時候了您還擺出一副神祇的樣子，我也是您的孩子呀！您就不能以『父親』的角度好好替我想一想嗎？」

「正是因爲我是你們的父親，又是北城的神祇，所以更應該以江山爲重，我知道你心裡不好受，但成爲輔佐大臣一樣可以……」

「夠了！所有的一切都是藉口！是藉口！我絕對不會善罷干休的！不會！休想！」大王子像失心瘋一樣衝出了宮殿，隨後發生的事情就如同千年前一樣……

不同的是，大王子爲了延續自己的生命，將母親迷昏後把靈魂貢獻給惡魔。而成爲繼承者的二王子得知這樣的消息後幾乎要暈死過去，他沒想到大哥竟然以母親做爲交換條件。

「如果你不對母親下手，我還會睜一隻眼閉一隻眼，頂多討伐你而已。可是如今……你竟然用懷胎十個月、含辛茹苦將我們帶大的母親作爲祭品，我真是對你太失望了。」

「少在那邊假惺惺了！如果不是你在父親與我之間挑撥離間，神祇之位早就是我的了！想也知道寵溺你的父親會多聽從你的話。」

「哥，現在回頭還來得及。如果你想成爲神祇，我讓給你就是了，不要繼續錯下去。」

「哼！我不需要你的施捨。今日一山不容二虎，有我就沒有你，你可以選擇自盡或是被我凌虐，反正你都得死！」瞪大雙眼的大王子舉起戰戟朝著弟弟飛奔而去。

隨後北城再度陷入水深火熱之中，創世神只能無奈的搖著頭，看著悲劇再度重演。

正當皇宮這邊打得難捨難分的同時，一對小姐妹被追趕到瀑布旁……。

「紅星姊姊，我……我跑不動了！」黑色髮絲的女孩跟在暗紅髮色女孩的身後，氣喘吁吁的說著。

「墨鈴加油，我們一定要躲避官兵的追逐，不然他們一定會殺了我們！」身爲姊姊的紅星不停的安慰著妹妹。

「不要跑！站住！」不知是命定的還是運氣真的不好，兩姊妹竟然跑到了瀑布旁的大石頭上，替自己斷了後路。

隨後大王子的士兵們也跟上，來到兩姊妹的面前。

「不要跑了！妳們注定是無法存活的，我會一刀給妳們痛快！」一頭雜亂的髮絲讓眼前的士兵顯得無精打采，但征戰中已經發誓過會效忠大王子殿下，所以無論命令是什麼，都要絕對服從。

「想想看你的家人，難道你也想看他們像我們一樣被逼上絕路嗎？」努力張著瞇瞇眼，紅星想對士兵動之以情。

「我們的家人已經被安置到很安全的地方，他們不會有生命危險。」士兵不爲所動。

「真自私。」紅星一臉不屑的樣子，彷彿嘲弄著大王子殿下收買人心的手段。

「人不爲己，天誅地滅。更何況我們是神族，擁有至高無上權力的王子們只要一較高下就能分出勝負、選出神祇，只要大王子殿下贏了，我們都會被提攜。」士兵說著從大王子那兒聽來的說詞。

「太可笑了，王子殿下怎麼可能提攜你們？這麼多士兵難道都會被提攜嗎？」墨鈴犀利的反問。

「不管是不是會被提攜，我們都能獲得一筆豐厚的獎賞，而那些獎賞足夠讓我與家人過好此生。」一名穿戴整齊的士兵回應了墨鈴的問題，隨即身後的戰友們也跟著附和。

「唉……你們知道大王子殿下用神祇夫人的靈魂與惡魔作交涉嗎？只要與惡魔交涉的人從來就不會獲得好下場呀！」紅星嘆了口氣說。

「不管他的下場如何，只要我們贏了這場戰爭，就能衣食無缺。妳們乖乖認命吧！我會快速的讓妳們沒有痛苦的死去。」一名穿著戰衣的男子往姊妹倆的方向靠近，他濃眉大眼的樣子其實挺帥的，但就那一口爛牙讓人不敢恭維。

「墨鈴，謝謝妳今生的陪伴，我們來生還要再當姊妹！」年紀稍長的姊姊牽著只比自己小約兩歲的妹妹站在瀑布旁依依不捨的說道。

「紅星姊姊，我們一定要跳下去嗎？」已經被敵軍追到沒有退路的兩姊妹，在無計可施之下，只能選擇往瀑布一跳。

「兩位美女真抱歉了，主公下令只要是北城的居民全都殺無赦。」

「不然也可以把她們帶回去服侍主公，順便服侍我們啊！哈哈哈！」後頭傳來這樣的建議聲。

「對不起了！」在兩姊妹面前，戰士拔出了刀，一步步朝著她們逼近，完全不理會身後同袍們的「建議」。

「墨鈴，我們來世再見！」被稱呼爲「姐姐」的女孩往前一跳，戰士根本來不及阻止。

「姐姐！我馬上來！」趁著大家還沒回神之際，被稱呼爲「妹妹」的女孩也跟著往下跳。

就在千鈞一髮之際，那名濃眉大眼的戰士往前飛撲，手一伸，剛好拉住了尚未掉落的妹妹。

「放開我！放開我！」

「不要這樣輕生啊！有話好好說！」

「有什麼好說！你們主公不是說殺無赦嗎？與其死在你們手裡，不如自己結束生命，你放手！」

隨後妹妹將另一隻沒被抓住的手往上伸，一手劈在戰士的手腕上，後者一疼便鬆了手，眼睜睜看著穿著巫女服飾的黑髮女孩面向自己的往後墜。

可想而知結局又重蹈了之前的悲劇。直到所有的一切都灰飛煙滅，創世神懊惱的抓起一把泥土吹向風中，瞬間變成了許多房屋與建築，再抓起第二把泥土往上一拋，落在地上成了人。

「我一定要想辦法讓存在於北城這強大的冤魂離開，否則北城將永遠建不了國了。」看著自己創造出來的建築物與神族，創世神決定交代即將上任的神祇不可違反這項詛咒。

所謂解鈴還須繫鈴人，等到怨念散去的一天，也許就是北城能夠永續存在的機會。

隨著時間流逝，北城再度建國。也許是受到第一代神祇兄弟所留下的詛咒影響，北城生下雙生子的機率非常高，爲了怕滅國，接下來每一代的神祇都會下令只要是雙胞胎都必須捨取其一。

居民們雖然對於這項法令感到不解、甚至想要偷偷留下孩子，但無奈每一代的神祇上任之前都必須前往創世神所居之處，利用未知鏡觀看過去那些手足相殘的場景。創世神心想也許這麼做就能讓神祇們警惕自己千萬別再犯下一樣的錯。

當家裡只要有女人懷孕，神祇就會替那戶人家安排醫生，定期作產檢。一旦發現脈搏有三條——母親與雙子，就會更加嚴謹看管當戶人家，直到孩子出世後，跟著家庭醫生而來的士兵就會立刻隨機抱走一名孩子。

沒有人知道被抱走的孩子的下落，只知道全部都會被帶到神祇面前，由神祇處理。

許多母親渴求過、哀求過、甚至想以死威脅，但是這樣的母子之情神祇們不屑一顧，或者說即便想照顧到他們，國家也無法在詛咒之下生存。

偶爾也會有母親因爲不忍殺害自己的孩子也跟著自殺的事件發生，這條咒語就這樣跟了北城好久好久……

第三章：抉擇

淡淡的米白色及地窗簾隨著微風竄入而打破寧靜，摩擦地板使其發出沙沙聲響。

等到窗簾沉靜下來時，一名男子依靠在陽台的圓弧狀米色圍欄旁，修長的睫毛、深邃的眼睛、俊秀的輪廓讓人第一眼就會將其牢牢記住。

原本緊閉的眼睫輕輕的震動著空氣，隨即如大海般的靛色在眼睛睜開的瞬間也跟著浮出，美麗的靛色眼珠望著浮在半空中的皎潔月亮，緊實而修長的雙手在胸前交叉著，接著男子輕嘆了一口氣。

一頭及腰的靛色長髮用典雅的髮帶綁起來，男子整個人雖看上去整潔乾淨，但面容卻顯得十分憔悴，順道一提，那髮帶是好幾年前妻子選的生日禮物，上面繡著幾條小魚。

吹著夜晚的風，聽著後方搖籃隨風發出伊呀聲響，而後男子改以半趴的姿勢伏在圍欄上。

美麗的月亮暈開了一層朦朧的光芒照射在男子身上，後者的身上散發著微光，雖然所有血統純正的神祇都有「自體發光」的功能，但在月光之下，他的亮度更顯溫柔氤氳。

他默默的看著空中那圓形的星體，或者應該說望著它發呆，因爲無論如何他都無法思考，爲什麼雙子的命運又從上一代傳承下來，自己也遭受了這種命運。

「你在這裡呀！怎麼還不睡呢？」將被風吹亂的窗簾收起綁好，身材姣好的女子穿著巫女的衣飾走到陽台，順手按住被風揚起的嫩粉色長髮，白皙的皮膚、標致的五官都不愧為自己是整座北城最美的女人，當她望向自己的丈夫時，櫻花色的眼隨著自己的視線跟著高挑。

「唉……欣賞月亮囉！」其實男子沒有任何心情欣賞這美好的夜色，更別說要讓他詩情畫意的與妻子談笑風生了。

他靛色的眼睛像是要滲出水般閃著光，垂下了眼，緩和了下自己的情緒。

「那妳怎麼還沒睡呢？」男子隨即發現時間已來到午夜，妻子還穿著巫女的服飾尚未休息。

「剛才去了趟藏書閣翻閱了過去的歷史，想找找看有無破解詛咒的方式。」

「妳明明知道這麼做是白費苦心，為什麼……」

「我們只能選擇其中一個孩子留下……另一個孩子……」女子的話語尚未說完，講到一半便哽噎了。

男子抱著妻子，心情跟妻子一樣，五味雜陳。

晚風吹起白色的袍擺，順帶揚起兩人不同髮色的頭髮，彷彿時間就凝結在此刻。

「我們必須做出決定，如果連神祇都無法堅定自己，將來要如何帶領子民們呢？」身為神祇的男子輕輕撫著妻子的秀髮，任憑她在自己懷裡輕聲啜泣。

「都是自己的孩子呀！」妻子怕吵醒室內的嬰孩而小聲的說道。

「我知道……我知道……」縱使知道這樣的事實，但詛咒終就是詛咒，他無法破除、也不希望拿北城的未來去賭。

兩人離開了皎潔的月光與米白色的陽台，來到室內的搖籃旁。

由當今材質最好的棕褐色竹子編織成一個籃狀，堅固而不失淡雅，從屋簷上的梁柱牽引過繩子綁在籃子的前後，使其離地面有些距離。

「都是我們的孩子呀！」神祇緊握著妻子的手，呆呆的望著搖籃裡那兩個睡相甜美的女嬰，思緒就這樣被牽引回到好幾年前，自己還是嬰兒時期所發生的大事……

※

「神祇殿下……是雙子……」侍女們一人抱著一個孩子從房間裡走出來，兩個健壯的男孩揮舞著小手、踢著小腳，可愛的模樣讓人忍不住想上前逗弄他們。但這一模一樣的臉龐卻讓神祇感到很憂心，因爲那說明了自己只能留下一個孩子。

「不要啊！不要啊！」房間裡傳來妻子的吶喊與哭聲，神祇急忙進入了妻子生產的房裡。

「沒事的……沒事的……」安撫著妻子的情緒，神祇的眉頭皺成一個「川」字形，自己心裡何嘗不複雜呢？

「求求你不要帶走我的孩子……求求你……」剛生產完的妻子聲淚俱下的請求著當代神祇。雖然可以體會懷胎十月著實不易，在生產的過程也是需要用命當作賭注，好不容易產下了孩子卻必須讓妻子承受這種骨肉分離的痛苦，神祇也只能暗自責怪自己的無能。

「好了好了，妳的狀況還沒有穩定，先好好休息吧！」神祇哄著妻子說道。

「我要我的孩子……我要我的孩子……」就像失去理智一般的妻子殷切的尋找自己的骨肉。

「把孩子抱進來。」神祇對著室外的侍女們下達指令。

隨後兩位王子便躺在夫人的身邊，吸吮指頭的樣子讓夫人安心不少。

「不要帶走我的孩子……不要……」經過一番折騰，產後不久的夫人終於安心睡下，一旁兩個俊美的男嬰也在母親的陪伴下睡去。

此時神祇繞過床尾，來到另一邊的床沿旁，心一橫、牙一咬，他抱起了距離自己較近的孩子，快速離開寢宮往死亡地窖走去。

那是一個爲了分離雙子所設的區域，看起來像是一口大井，四周佈滿封印符文，由青藍色的磁磚砌成，旁邊插滿了許多長劍，不規則的圖形與擺放方式讓人很難看出到底該如何解開封印，連窖口都會讓歷代神祇用自己的血不停的加強封印法力以防止魔族藉由通道攻打神族。

通常被丟進去的人事物都無法再回來，那是神族與魔族共同的通道，也是天上與地獄的連接點，孩子們從窖口被丟下去後會順著管道抵達地獄，之後就會由惡魔們處理，不用想也知道一定會被吃掉。

隔日清醒的神祇夫人發現孩子少了一個立刻驚覺不妙。「孩子呢？我的孩子呢？」神祇夫人披頭散髮沒有穿鞋子到處亂跑的樣子讓侍女們大驚失色，連忙跑向大殿稟告神祇殿下。

「你到底把我的孩子藏去哪裡了？」一見到神祇，夫人立刻指著自己丈夫的臉破口大罵。

「我必須以國家爲重……」

「呀——」一旁的侍女們發出了驚呼聲。

因爲正當神祇要搬出那套「必須犧牲孩子以換取北城平安」的說詞時，夫人快速來到一旁的侍衛身邊，在侍衛還來不及阻止的同時，抽出了配戴在腰間的利劍，劍身順著夫人的手勢在空中劃出一道弧線，接著就像把長劍放在展示台上一樣的架在自己白皙的脖子上。

「妳不要衝動！」神祇見狀也慌了手腳，萬一妻子傷害了自己，那將是他永遠都無法抹滅的傷痕啊！

「你不要過來……我只要我的孩子……求求你告訴我他在哪裡……」疲倦的臉龐滑過兩行細細的淚水，凌亂的頭髮披在夫人肩上。

能嫁給一國之君是至高無上的光榮，連走路都會有風、十分有面子，但此時的夫人並沒有任何容光煥發、神采奕奕的樣子。雖然只要她下達任何命令，基本上除了神祇之外，所有人都必需聽命於她，可是她現在是以一個「母親」的身分，哀求著丈夫歸還自己的孩子。

「他也是你的孩子呀……你忍心這麼做嗎？」夫人再次使用柔情與親情試圖喚回在她眼裡已無人性的丈夫。

「我沒有辦法拿北城所有的子民們作爲賭注，如果只要犧牲一個孩子就能保護所有的人，那我寧可犧牲的是自己的孩子。」神祇無法遵從妻子的要求，一邊是整個國家、一邊是妻孩的選擇，神祇深深的感到無力與無助。

「既然這樣……我就死給你看！」

「不要——孩子在死亡地窖裡！」

正當夫人舉起銀色的長劍準備往自己心臟刺去的同時，神祇妥協了，告知了昨晚將孩子丟棄的地方。只見長劍「匡啷」一聲掉在地上，護子心切的夫人快速的奔往地窖。

「快點攔住夫人，死亡地窖只能進不能出啊！」神祇一聲令下，所有的侍女和侍衛連忙跟在夫人身後。

我們常說當遇到某些緊急狀況的時候，腎上腺素會激發自己的潛能，這時也不例外。想要抱回孩子的夫人並沒有想太多，直直的往整座北城最可怕的地方——死亡地窖跑去，而奔跑的速度快到連成年男子都追不上，神祇跟在她身後跟得很辛苦。

「就算死！我也要跟我的孩子在一起。」當眾人來到死亡地窖前面，只聽見夫人丟下了一句話後拿起一旁的火把跳下了地窖。來不及拉住夫人的手，眾人只能眼睜睜看著夫人消失在自己眼前。

「不要啊——」趴在窖口的神祇看著眼前一片伸手不見五指的黑暗，他突然憎恨起自己的無能，如果沒有那條詛咒，他就不會失去一個孩子和妻子。

但他無從選擇，身為神祇的確有身不由己的時刻。

慢慢回到房間，幸運躲過被父親選中而遭遺棄的男嬰正張著水汪汪的靛色大眼睛，單純可愛的看著父親。

「我只剩下你了，就將你取名為『靛』吧！那是你母親鍾愛的顏色。」神祇抱起了嬰孩，漫漫的度過了好些時日，直到他繼承了自己的位置，成為當代神祇。

※

「靛君，又想起過去的事情了嗎？」看著丈夫發呆的樣子，粉色髮絲的女人關心的問。

「是啊！」靛君揉一揉眼睛，坐在一旁的椅子上。「我自小就沒有母親，那段過去是父親臨死前親口告訴我的。我只能慶幸自己的幸運，卻不能將這樣的運氣傳承給我的下一代。」

「嗯……」無法多做安慰的夫人也只能坐在神祇旁邊靜靜的看著搖籃裡的孩子們。

「櫻……我的母親和那位不知道是我的哥哥還是弟弟的孩子葬身在地窖裡，造成我父親一輩子難以抹滅的傷痛。我希望妳可以答應我，無論我選擇留下哪一個孩子，妳都不可以離我而去。」牽起妻子的手，靛君深情款款的看著她。

「唉……」身為神祇夫人的神崎櫻理應替大局著想，但身為一個母親，要與孩子分離是多麼令人難以接受。

「求求妳了……我很需要妳……」彷彿能夠感受到父親疼愛母親的心情，靛君只差沒有下跪哀求著眼前的女人。

「我答應你……」自小娘家的父母就教導神崎櫻，若能有幸嫁為神祇夫人該以國家為重。更何況孩子可以再生，國家滅亡後卻很難再度復國，養育自己成長的雙親也會因此被波及，縱使自己再怎麼不捨，也不可以如此不孝。

選擇繼承者的時間限定為一年，當然越早選擇對父母還有孩子都好，但無奈人心總是如此，渴求與孩子多一點相處的時光，到最後卻是拖越久、心越痛、越不捨。

一年的日子隨著日升日落漸漸的過去了，兩位公主都健康的長大，姊妹倆都有亮麗的外型，遺傳了神崎靛與神崎櫻的好基因。

大公主擁有一頭會發出淡淡柔光的緋紅色頭髮，鮮紅色的瞳孔彷彿會發射出紅光一樣晶瑩剔透，嘴唇就算不擦上口紅或唇彩看起來也是鮮紅欲滴，從頭紅到腳的基因搭配著白皙的肌膚，神祇將其取名為「神崎緋」。

而小公主正好相反，她的髮色是黑到比純墨汁還要更深沉的暗黑色，雖然跟姊姊一樣都有淡淡的柔光，但因為頭髮是暗色系所以在夜晚時更顯清晰。墨綠色的瞳孔深邃而晶亮，讓人很容易一盯著她看就陷入了癡迷，因為那一雙眼眸實在太美了，神祇將其取名為「神崎墨」。

小緋的個性非常活潑好動，抓週的時候抓了許多東西都往外丟，直到她抓到母親神崎櫻的鏡子才停止丟東西。

小墨則完全相反，她比較內向害羞，除了父母與姊姊之外的人都拒絕給予擁抱，抓週的時候只挑選了距離自己最近的玉石，拿在手中把玩著。

歲月總是在眨眼間就從指縫中溜走了，這天創世神打下了一道響雷，提醒神祇一個月之後就是決定誰去誰留的時刻，請他們一定要做好心理準備。

櫻得知了這樣的消息後整個人萎靡不振，天天守在兩位公主的身邊，深怕一個閃失，就失去了其中一個孩子。看著妻子日漸消瘦的形體，靛君感到很憂心。再這樣下去，妻子不會重蹈母親的覆轍，卻會心力交瘁而死呀！

「難道無法改變這樣的詛咒嗎？」這天，靛君為了尋求解答來到未知鏡前，渴望創世神給予自己方向或方法。

「歷代以來，產下雙胞胎的神祇都會到我這裡來尋求解決方法，但我只能跟你說，要破除詛咒並不是沒有辦法，可是付出的代價十分龐大，甚至拿整個北城來換都不一定足夠。所以我只能勸你們，放棄吧！」創世神從未知鏡裡說出這樣的話。

「也許我的女兒們可以做到呀！難道您要一直不停的重建北城嗎？難道您忍心看著自己創造出來的神族籠罩在骨肉分離的痛苦裡嗎？」

「靛君，你是歷代以來第一個擁有雙胞胎女孩的神祇，我不確定那樣的詛咒是否對女孩們有效，但只要是雙子都免不了這條詛咒。將其中一個孩子送往人間吧！三個空間互相不干擾，如此一來也許詛咒就沒有用了。」創世神歷經了千千萬萬年的時光，重造了三次北城，每一次都看到北城優秀的領導者統治著自己辛苦建立起來的國土，卻因爲敵不過那條詛咒而被摧毀，然後再度揪著心創建一次。

神族學不會教訓，創世神也已經對於建造北城感到疲累不已。

「送往人間？可行嗎？」靛君彷彿找到一線希望，激動的對著未知鏡大喊。

「總不能送往魔族吧！那裡都是當初我創造人族與神族失敗的作品，累積了怨念而成爲魔族。你將孩子送往那裡等於是丟進了地窖裡，都是死路一條。如果送往人間，至少還有存活的機會，你們思念她的時候可以從雲端上探望她過得好不好。」

「沒有任何代價或交換條件嗎？就這樣把孩子送往人間，人間的帝王會同意嗎？」

「人間隨著時間的變遷已經改變了許多，出現了很多『科技』與『便利』，將孩子送往人間只會被當作『棄兒』，並不會引起世界大戰。」

「我馬上告訴櫻這個消息，真的很感謝您。」

「先別急，但是萬一詛咒在女孩身上依然靈驗，那麼女孩就無法回到神界。而且送往人界的孩子心智更容易受到蠱惑，人界充滿許多誘惑，魔族也經常在人間徘徊，如果她鑄下大錯，你與櫻是無法出手相救的。」

「那……那該怎麼辦呢？」

「你如果想要延續孩子的生命，就要賭上北城的未來還有孩子在人間的發展，這樣的風險讓歷代的神祇無法承受，都選擇結束孩子的生命，你要選擇哪一個？」

「這……」

「拖越久，你們會越捨不得。我建議你們，還是結束孩子的生命吧！下一次的轉世會讓她前往更好的家庭。」創世神留下了選項給靛君，自此消失在未知鏡的另外一端。

「留下還是剷除呢……」靛君手中握著只有極小機率的希望，還有大部分的絕望回到宮殿。

第四章：孤兒院

「如何如何？創世神有沒有說可以破解的方法？」一回到宮殿，櫻就急忙拉著丈夫的手，希望可以從中獲得希望。

「沒有……」與過去的所有神祇一樣，靛君知道如果將結果告訴妻子，即便是只有微小如蟻的機率，妻子也不會放過，那是身爲母親所擁有的母性。

「真的沒有？」櫻不死心的拉著靛君的手問。

「嗯！真的沒有。」選擇保護國家的靛君欺騙了妻子、隱瞞了那只有一點點的希望。

「怎麼這樣……明天就要決定了……」如同晴天霹靂一樣，櫻全身癱軟的坐在地上，靛君只能哀傷的在心裡說上千萬次的「對不起」。

「媽……媽……媽……」此時小緋慢慢的爬過來，雙手搭在母親的腿上，短短的紅髮披在肩上，兩頰泛起紅暈，應該是剛才跟侍女們玩得太過開心而留下的。

小緋望著母親臉上的淚痕，一臉不解的發出類似「媽」的聲音，而櫻很本能的將其當作是女兒在呼喚自己。

「小緋乖，去旁邊玩噢！」擦乾了臉上的淚水，櫻知道終將無法抵過詛咒的力量，她現在唯一能做的就是抓緊時間，陪伴兩個女兒，因爲她不知道明早睜開眼睛，失去的是哪一個。

整個夜晚，櫻都不敢將眼闔上，她側身躺著然後將自己的手搭在兩個孩子身上。她不知道靛君什麼時候會輕巧的來到自己與兩個孩子身邊，用他修長的雙手，緩緩的抱起被他選中的孩子，然後丟入死亡地窖裡。

櫻只要一想到孩子在無邊無際的死亡地窖裡漂浮著，等待魔族的發現然後將其吞食下肚，櫻就緊揪著心，好似再多用力一點，就可以將心擰出汁、甚至擠壓破碎都不成問題。

看著兩個孩子在一旁沉沉的睡去，心裡雖有初爲人母的喜悅，卻又必須壓抑著快要崩潰的心情，她只能責怪自己沒有能力保護孩子，只能用眼淚向即將被選走的孩子謝罪。

「對了！」突然櫻的腦海中浮現一個念頭。「由我來送孩子最後一程！」看似平凡的想法卻讓櫻的臉上出現難得的笑容。

「可是……如果失敗的話……」櫻就像在思考些什麼一樣，眼神直盯著兩個孩子，漸漸的，一層睡意悄悄的爬上她的心頭，襲擊了她的意識。「睡吧——睡吧——」從窗戶竄入的風聲就像搖籃曲一樣催眠著櫻，她感受到眼皮越來越重……越來越重……直到最後，美麗的眼眸完全被眼皮遮蓋住，原本憔悴的臉龐還留有一絲擔憂的神情。

北城的夜晚寂靜而美麗，宮殿外的潺潺流水聲還有蛙鳴蟬叫交織成一曲最動聽的交響樂，滿天星斗雖然明亮，但卻搶不過一輪滿月高浮在半空中的光彩。

在月光的投射下，一個人影拉出了長長的影子，他獨自站在花園的涼亭旁，無心欣賞和諧悅耳的交響曲，更無暇觀賞美麗的夜色。

一年前女兒們剛出生的時候，他也是這樣接受大自然對自己的洗禮，一年之後來到即將選擇誰去誰留的時刻，他突然之間猶豫、徘徊在親情與神祇的職責之間。

「不是已經下定決心了嗎？為什麼還這麼游移不定呢？」敲了敲自己的腦袋，靛君隨後又嘆了好幾口氣。

接著他走向孩子與妻子所在的房間，悄悄的推開了木製的門，妻子好像剛睡不久，臉上的淚痕還清晰可見。

繞過床尾，他來到妻子的身邊，輕輕的將她粉色的髮撥到耳後，在她的臉頰上留下一吻，再看著兩個女兒，果然是拖越久、心就越不捨。

朦朧之中，靛君沒有做出決定，他伏趴在一旁的桌上也跟著睡去。

「當太陽出來後，一切都會變好的。」夢囈的聲音從靛君口中發出，如果一切都能在日出東升時變好，那該有多好……

※

夏日的早晨太陽總是起得特別早，一道燦白的陽光越過高山、穿過窗戶，接著來到櫻與孩子們的身上，感受到太陽的溫度，櫻猛然張開眼睛。

「小墨！」看到小緋乖巧的躺在自己身旁，櫻心裡大喊不妙，因爲靛君決定流放墨髮的女兒，她匆匆整理了下自己的儀容急忙趕往丈夫的所在地。

至少，在靛君將孩子丟入死亡地窖之前，她要再看一眼自己的女兒；至少，她要好好送她最後一程。

「靛！靛！」一邊奔跑一邊喊著夫君的名字，櫻害怕當自己趕到的時候已經與孩子天人永隔了。

「櫻，我在這裡。」聽到妻子的呼喊，靛君下意識的回應。

「小墨呢？小墨呢？」人未到聲先到，當櫻跑進了死亡地窖所在的房裡時，她看到靛君抱著還在熟睡的女兒，短短的墨髮披在靛君的肩上，小手緊握著父親的肩膀。

「在這裡呢！」靛君已經站在死亡地窖旁好久好久了，他支開了所有的隨從與侍女只留下自己，但卻始終沒有勇氣親手將孩子送入死神口中。

「給我、給我！」一把接過女兒的櫻，雙腳一軟，整個人癱坐在距離地窖不遠處的地上。

「櫻，孩子勢必要送走，妳不先迴避一下嗎？」靛君蹲下來撫摸著妻子的臉龐，後者鼻頭一酸，一陣灼熱感由心底直衝眼眶，斗大的淚水滴在小墨的肩上，就算做好了千萬次的心理準備，面對離別，所有的堅強都會瓦解。

冷冰冰的房間一點生氣都沒有，大約四坪的房間裡只有一口像井的擺設，上面有許多血跡已經乾成褐色，仔細一看並不難發現是某種符文，但血跡斑斑的樣子更讓那口井看起來格外駭人。那裡就是死亡地窖的入口，而灰暗的四周彷彿還飄有歷代以來被丟入井口的嬰靈。

「櫻！」輕聲呼喊了呆住的妻子，靛君不忍的看著她，畢竟這是妻子第一次來到如此幽暗的地方，潮濕、冰冷、陰晦。

「讓我……送她去吧！」顫抖的聲音顯示出妻子的不安，臉上沒有過多表情、也沒有撕心裂肺的哭著不要奪走她的孩子、更沒有像靛君的母親一樣聲嘶力竭以死相逼。

「這……妳可以嗎？」靛君不安的看著妻子，那臉上的表情讓自己有一種風雨欲來的感受。

「靛，我以一個母親還有妻子的身分要求你……讓我送小墨走吧……至少在她人生的最後一段路……我還能盡到身爲一個母親的一點責任……求求你了……求求你……」櫻依然是面無表情的注視著死亡地窖，聲音中聽不出來有任何心情的高低起伏。

靛君知道妻子正努力的壓抑自己的心情，他緊緊握住妻子的手。如果妻子堅強不了，夫妻的情誼就會像兩條線相交過後，變成漸行漸遠的分離，終將變成遠在天邊的距離，而他縱使成爲神祇，仍想要與妻子此生擁有不散的筵席，就算要散，也不是現在。

「還記得我們剛交往的時候嗎？妳說過『只要我們兩手緊扣著彼此，就可以感受到從對方那裡傳來的溫暖。』我一直都會陪在妳身邊，妳也答應過我會堅強，小緋需要妳……妳的雙親需要妳……還有……老婆……我需要妳……留在我身邊……好嗎？」靛緊皺著眉頭望向妻子，而櫻只是面無表情的微微點點頭。

妻子的冷靜讓他感到十分不安，如果她也像自己的母親一樣隨著孩子進入死亡地窖，那麼小緋就會跟自己一樣成為沒有母親的孩子，加上小緋是女孩，靛無法用教養男孩的方式去教導她，再說他真的很愛櫻，所以他很需要櫻在自己身邊。

「嗯！我知道，我不會輕生的，你回去大殿等我吧！」櫻努力擠出一絲笑容，像是要讓靛安心一樣。

靛看到妻子如此堅決，自己也不好再說什麼，站起身、邁開步伐，離開了地窖房。

「血液中奏鳴出和諧的聲樂，歌頌著我們互通相連的血脈，奏出我們共有的靈魂與名字。」

唸完祭祀前文之後，一陣清幽的歌聲從地窖房裡緩緩飄出。櫻的姊姊是巫女，自小便教導櫻許多祭祀時所用的歌曲，櫻縱然不是巫女繼承者，也知道哪些歌曲是祝頌之用、哪些是離別之用。

「清風相伴明月，循墨憶起過往的點滴；
落筆暈開勾勒，這熟悉卻陌生的清晰；
倘佯在夢境裡，那有我替妳畫的風景；
漠然最後相依，此生與妳別離永無期。」

緩緩唱出離別之頌，一字一句從嘴裡送出，櫻站起身邁開步伐，她抱著小墨離開了地窖房，迅速摘了一片雲，騰雲駕霧朝著人間飛奔而去。

「小墨，妳一定要平安的活下去，只要不回到天上，北城應該就不會有事。」看著沉浸在自己歌聲裡的孩子，櫻將其放入木製的盆子裡。

「這塊墨玉是父母給我的嫁妝，現在送給妳，我什麼都不祈求，只要妳平安的活下去。」櫻在一塊純黑帶著微綠光澤的玉珮背後刻下一首巫女祝禱詞並放入孩子懷中：

「呵一口氣，我看見模糊中的妳，

灑了一地，我聞見思念的氣息；

塗一抹艷麗，感受華麗伴隨著清新，

輕聲呼喚妳，我看到妳帶來的曾經。」

小墨張著一雙大眼睛看著櫻，她待在偌大的木盆裡，乖巧的不哭不鬧。

「沏一壺茶，我溫熱對妳的牽掛；

輪迴風化，我保有對妳的思量；

眷戀過往，我欲語卻讓淚先下；

牢牢記著，我永遠愛妳到瘋狂。」

柔柔的歌聲就像催眠曲一樣，櫻哄著小墨沉沉睡去，接著她們來到一條潺潺的小溪旁，櫻將木盆置入水中，往外一推。

「妳一定要平安的活下去。」緊握雙手，櫻看著孩子越漂越遠，四周捎起了一陣清風，拂過櫻秀麗的臉龐，吹亂了粉色的髮絲，也順帶揚起了身上巫女服飾的衣襬。

「活下去……一定要平安的……活下去……只要妳活著……我們一定會再相見的……」櫻摀著自己的嘴，她坐在雲上嚎啕大哭，整顆心、整個精神都已崩潰，直到那片雲將其帶回北城，她的臉上依然是遮不住的憂傷。

「櫻，妳還好嗎？」在大殿裡焦急的靛君看到妻子空手歸來，心裡先是一震，隨即恢復了鎮定，因爲將孩子遺棄在死亡地窖中才是對國家最好的辦法。

「嗯……我先回房間了……」櫻面無表情的從靛君身邊走過，後者想拉住她，卻不知道拉住了該說些什麼，也許對於失去孩子的櫻而言，現在最好的就是保持沉默吧！

另一邊，乘著木盆、隨著溪水來到人間的小墨被水沖到下游的岸上，緊閉的雙眼還不知道自己剛躲過了被魔族啃蝕喪命的不幸，但沒有人能預測她的存在是否會替未來帶來什麼影響。

「咦？怎麼有個木盆？」一個年約四十多歲的中年婦人提著一桶水正準備離開溪邊時發現了小墨。

婦人的臉上掛著一副無框眼鏡，圓潤的臉頰與圓圓的鼻子看起來十分討喜，兩道眉毛用眉筆細細的勾勒出形狀，嘴唇上擦有一點紅色的唇膏讓自己看起來顯得很有精神，兩頰上有少許的雀斑，深灰色的頭髮用一條黑色的髮帶纏成一圈後繞到後腦勺上固定著，兩鬢斑白的樣子看得出來歲月的確在她身上留下不少的痕跡。

「媽……媽……媽……」不知道是已經睡飽了，還是聽到婦人的聲音，木盆裡的小墨發出了一點聲音，彷彿在尋找著櫻的身影。

「唉呀！好漂亮的孩子呀！是誰那麼狠心把她放水流呢？」婦人靠近一看發現了小墨，她張著圓滾滾的墨綠色雙眸，細長的睫毛替那雙眼睛增色不少，比黑墨還要黑的短髮乖順覆蓋在肩上。

小墨向四處張望了一會兒，原本嬰孩沒有看到母親必定會嚎啕大哭，但是眼前陌生又新奇的風景讓小墨竟「咯咯咯」的笑開懷。

「讓我帶妳回家吧！可憐的孩子，雖然妳的父母不要妳，但李婆婆會一直陪妳的唷！」婦人一邊說話一邊抱起了木盆，連剛才提水用的桶子都被她無視了。

「幫妳取個名字好了。咦！有塊墨玉，那……妳就叫做『李小墨』好了。這頭黑髮真是滑順美麗，妳的母親一定也是個美人胚子吧！」李婆婆一邊哄著在木盆裡的小墨，一邊往回走。

她大概沒有想到自己一時興起取的名字竟然跟手裡的孩子在原生家庭裡的名字一模一樣，她更不會想到這孩子的母親不但是自己猜測的美人胚子，還是天上統治者的妻子，也就是說，她收養了天界的公主。

婦人帶著小墨走了約十五分鐘，來到一棟建築物前面，那是一座有著巴洛克風格的教堂，充滿異國風味，從外面看過去，牆面是由土褐色的泥塊砌成。

在通往深藍色的門前有一排純白色的階梯，但隨著時間的流逝，上面多了許多汙漬。門旁有著一個小花圃，裡面種了些鬱金香，有紅有藍有黃，當風吹過時，各個顏色交織在一起，就像一幅彩色的圖畫活生生的展現在自己眼前。

在門上有著一把純白的十字架，正好一暗一亮，視覺效果絕佳。窗戶則用可以由下往上拉開的玻璃隔開了外界與屋內，從正面看去可以看到五扇窗戶，而在每間窗戶的上與下都有一些雕刻的花紋。

接著抬頭往上看，拱尖形狀的屋頂是爲了防止積雪，屋樑上還刻有一些不知名的文字，整體外觀就像一座小型的皇宮一樣，令人嘆爲觀止。

就憑第一眼的視覺印象而言，一定沒有人猜得出來這裡是一所孤兒院，而剛才抱著小墨的婦人就是這間孤兒院的院長，大家都稱她「李婆婆」。

「李婆婆，這是誰呀？」一名年約八歲的男孩見到門被推開，開心的跑上前。

「這是你的新妹妹，不過你可能很快就見不到她了，因爲王氏夫婦今天要來領養你去新的地方呢！」李婆婆慈祥的看著眼前的男孩，他也是還在襁褓中就被自己從路邊撿回來，一路陪伴到現在，終於遇到了一對患有不孕症的夫婦想收留他。

「對呀！對呀！李婆婆您看看我，我這樣是不是很帥？」男孩擺了個耍酷的姿勢，身上的合身小西裝讓他看起來十分體面。

「叮咚！」正當李婆婆想要誇讚他幾句時，門外的電鈴響了起來，李婆婆連忙讓男孩去開門，自己將小墨放到一旁的搖籃理，這個時間正是前幾天與王氏夫婦約好要來帶走男孩的時刻。

「李院長您好。」一進門就是個有禮的欠身，身穿運動裝的男子理著小平頭，健壯的身材搭配深邃的五官看起來很帥氣，身旁一位提著橙色手提包、頭戴羽絨帽、身穿小碎花洋裝的女子挽著他的手跟著進來。

「王先生、王太太，你們好，請隨我來辦個手續。」那對夫婦隨著院長走進了辦公室，就在王太太即將跨過辦公室的門檻時，她的餘光掃射到一旁裝有小墨的搖籃。

「唉呀！這孩子好可愛呀！李院長，我們可不可以再多領養一個女孩呢？」身爲天界公主的小墨散發出一股不平凡的氣息，讓王太太一眼就愛上了這惹人憐愛的女孩。

「這是我剛才在溪邊撿到的，也不知道是哪戶人家，竟將如此年幼的孩子拋棄。如果王先生與王太太不嫌棄，趁她還小讓她有個完整的家庭吧！」李婆婆解釋道。

「我可以抱抱她嗎？」王太太朝著小墨走去，而李婆婆則是在一旁招呼著王先生。

「哇——哇——」

「好了好了，別哭了唷！乖乖，妳最乖了。」

還沒抱到小墨的王太太才剛靠她近一點而已，小墨就含著淚水嚎啕大哭了起來，讓王太太顯得十分不知所措。

「小墨乖、小墨乖，她是王太太呀！是想領養妳回家的王太太呢！妳要乖乖別哭噢！」李婆婆看到這個狀況連忙抱起小墨哄著。

說也奇怪，小墨在她的懷裡反而安靜不哭了。

「看樣子我跟她可能沒有緣呢！」王太太不好意思的笑了笑。

「她還小不懂事，等她大一點之後再帶她回去好了。」李婆婆也不好意思的對王太太頷了首。

隨後男孩被領養了回去，小墨則一直留在孤兒院中過著一般平凡女孩的生活。

第五章：人間之旅

時光飛逝，小緋與小墨已經長大成爲亭亭玉立的十八歲少女，姊妹倆一個在天上、一個在人間。而自從櫻把小墨放水流之後她就不知道孩子的蹤跡，也不知道她是生是死，雖然很多次想要再度回到人間，但靛君繁忙的國務需要她的幫助，小緋的教養也不能忽略，常常才想起要去人間一趟，侍女們又來報告需要處理的事情，一晃又是好幾年過去了。

在天上的小緋自小就非常調皮搗蛋，雖然父母給了她良好的資質，但她卻一點也不好學。

「學這個要做什麼啦！」這天小緋將一疊厚厚的書隨手在空氣中劃一道弧線掃向地面，臉上氣憤的神情讓在一旁的侍女們都低著頭不敢發聲。

「公主殿下，您將來是需要繼承神位之人，學習歷代的歷史從中取得教訓是很重要的。」緩緩撿起被公主掃到地上與紅毯相見歡的書籍，靛君請來的學者耐著性子替公主解惑。

「才不要！」公主倔強的嘟起小嘴，趁著學者收拾一團亂的時候，從書房的後門悄悄溜走了。

「阿修——」來到後花園的小緋大聲喊著跟自己同齡的玩伴。

「小緋，我在這裡。」在灌木叢旁邊傳出了一個男孩的聲音，接著一個人影從灌木叢裡站起來，身高大約一百八十公分，一頭海軍藍的短髮讓他看起來十分穩重，緊身的白色上衣貼著厚實的胸膛，展現出壯碩的體格。

他是當代式神之子，其父親的位階只在神祇之下，兩家在這兩個孩子約五歲的時候就建立起良好的關係與友誼。

兩家都是複姓，小緋是神崎家，那男孩是秋山家。男孩單名一個修，大家都叫他「阿修」。

「你在做什麼呀？有什麼好玩的東西嗎？」小緋看到阿修在灌木叢裡鬼鬼祟祟的樣子，好奇心一下子就被激發了。

「我找到好東西了！」阿修一臉興奮的對兒時玩伴說著。

「是什麼？是什麼？」小緋開心的湊上前去，只見阿修輕輕的壓住土壤，上面還押有一道黃符，類似用於鎮壓某些鬼魅的符文。

「這是通往人間的通道，想不想去看看？」阿修用發亮的眼神看著小緋，後者則不可置信的望著他。

「怎麼可能？通往人間的通道不是都被父親大人鎖住了嗎？」小緋依稀記得父親當年與母親有過一次爭吵，隨後所有通往人間的通道都被封住了。那個時期父親大人還不停的去拜託雷神多降幾次雷，印象中只記得「尋找黑亮髮色的女孩，將雷劈在她身上」這樣的字句。

「看樣子神祇大人遺漏了這一個呢！」阿修賊賊的笑著。

「你怎麼確定這是通往人間的通道？」小緋還是帶有點戒心的問。

「你記得我們家用的鴿子嗎？我對其中一隻下了符咒，讓牠從這裡往下飛，我跟牠說如果下面是人間的話，請牠帶著人間的東西回來給我，結果牠帶回了這個。」阿修從身後拿出式神專用的靈鴿從人間帶回來的東西。

那是一份報紙，上面寫著人間有個地方叫做「英國」，而那個國度裡有位王子名為「威廉」，近日好像結婚了，妻子的名字是「凱特」。

人間稱呼王子的妻子並非天界所使用的「天妃」，而是稱呼為「王妃」。

「妳看，這是人間的東西，想不想跟我一起去人間玩一玩？」阿修看著小緋不停研究報紙的樣子，提出了這樣的建議。

「可是我們要怎麼去？又要怎麼回來呢？」小緋擔心的問。

「這世界分為三個區塊——天界、人間、魔域，我們偷溜到另一個空間是不對的，而且也沒有辦法直接穿越過這層層保護，只有神祇與其子嗣才可以自由通行。但是動物們不一樣，我如果駕著巨鷹從天界到人間就不會有問題，而妳就算不需要老鷹的幫助，也可以自由進出。」阿修替小緋解釋道。

「那我們還等什麼？快點走吧！」小緋一聽連想都不想，就興奮的直接往連接口跳去。

「欸欸欸！妳做什麼？這樣跳妳會摔死的！要先運用自身的神力呀！」阿修在小緋跳下去的那一瞬間，急忙拉住她。

「怎麼用？」小緋一臉狐疑的看著阿修問道。

「靜下心來，讓體內的能量漸漸的往丹田集中，接著慢慢的把能量往上提直到心口，然後唸出祈禱萬物幫忙的連接咒，最後背對連接口往後倒，巨鷹感受到妳的能量就會來幫助我們了。」阿修一邊說一邊動作，小緋好像在阿修的身上看到如同神祇才會發出的光芒，但也只有一瞬間，阿修睜開眼望著小緋時，她就忘了剛才所看到的微光。

「連接咒？」小緋疑惑的看著阿修，她從來沒有聽過什麼連接咒。

「咦？妳不知道嗎？神祇夫人不是巫女世家出生的嗎？那她一定知道連接咒，加上她這麼疼妳，一定會教妳的！」阿修也驚訝的回望，從父親那裡得知，連接咒對巫女世家是很平凡的咒語，就像觀星術對式神世家如同家常便飯一樣。

連接咒除了可以打通連接點之外，還有祈福的作用，但通常效力會依施術者的能力而有所差別。

「可是……我一點印象也沒有……你知道是哪一類的咒語嗎？媽媽對我很嚴格，她教了我很多很多的咒語，我都搞混了。」小緋敲了敲自己的腦袋，果然是書到用時方恨少啊！她現在只能悔恨當初母親在教導自己的時候爲什麼不認真一點。

「好像有什麼……梧桐，還有什麼……滄桑之類的吧！我只有在小時候參與的宴會上聽過神祇夫人吟唱過一次，也沒有什麼印象了。」阿修無奈的看著小緋，後者則一直歪著頭思考。

「啊！我想起來了，媽媽常常晚上一個人依靠在欄杆上，對著月亮唱歌，但我不確定是不是她所唱的那首歌。」

「那妳試試看吧！」

「這樣真的可行嗎？」

「妳不試怎麼知道可不可行？」

「噢！好啦！那我開始囉！」隨即小緋閉上眼睛，心裡默想在空中駕著巨鷹遨遊的樣子，接著她唱出了母親夜晚對著月亮歌頌的「咒語」。

「歲月時光……悄然攀爬……浮雲霞光
梧桐紅沙……任憑霜雪……染白滄桑
連結天地……尋覓過往……自然萬物……綻放光芒……」

隨後她感覺到有一股力量在推著自己，接著自己一放鬆，順著力量的方向往連接口倒下，阿修見狀也拉住她的衣襬跟著往下墜。

從遠處望去，就像兩顆星星墜落一樣，閃閃的發著光。

說時遲那時快，遠方出現了兩個黑點，漸漸靠近正在墜落的小緋與阿修，「咻」的一聲接住了垂直墜落的兩人，那是兩隻巨鷹，大到足以覆蓋住三分之一個北城。

阿修與小緋跟巨鷹相比，根本就是小蝦米見大鯨魚。

「呀——小緋，妳成功了！妳母親唱的果然是連結咒！」阿修騎在一隻有深棕色與白色相交羽毛的巨鷹背上，對著另外一頭的小緋大喊。

「呀比——我們去探險囉！」小緋抓著身下的座騎。那是一隻有著黑色與紅色相交羽毛的老鷹，尖尖的鳥喙與銳利的眼神看起來十分具有靈性，巨大的身軀穩穩的載著小緋，飛在通道中快速的前往人間。

「那裡那裡！我們去那塊陸地看看！」小緋發現人間大部分都充滿了水，而水上分佈著許多陸塊，有大有小，形狀不一。

小緋選了一塊像是番薯的小陸塊，指引著巨鷹前往。

隨後陸塊上颳起一陣大風，因爲巨鷹屬於神獸的一種，無法讓人族所見，所以必須要使用某些

「障眼法」。

「到了到了！阿修快走吧！」才剛從巨鷹身上下來，小緋就迫不及待的往人多的地方走去。

「這裡是哪裡？」阿修揉了揉眼睛，定神一看，街上的男女穿著與天界截然不同的服飾。

男子們大多都穿著筆挺的服飾，手上還拿著一個長方形的包包，腳上的鞋子擦得很亮，都可以反光一樣，有些男子則是穿著輕便的上衣與短褲，在一旁跑步。

女子服飾更是千變萬化，已經無法用統一的言詞去形容，看得阿修與小緋兩人呆了好一陣子。

「哇！我們來到寶地了！」小緋才看了看經過自己身邊的人群就立刻下定論。

「爲了讓人族可以看到我們，也爲了不讓神祇大人與夫人發現我們，這個要先吃。」阿修拿出一顆約拇指大小的紫色丸子，自己吃了一顆，另一顆遞給小緋。

「這是什麼？」小緋看著紫色的丸子發出詭異的光亮，還飄出一陣淡淡的薰衣草香，她先是聞了聞後，將丸子直接丟進了嘴裡。

「近代的神族基本上都會發點光，與其他人不一樣，尤其是神祇與其子嗣，光芒更是耀眼，據說是要用來區別神族、人族與魔族。而雷神與雷婆時常都會在天界與人間巡邏，讓他們看到我們發光就慘了，妳父母一定會大發飆！」小緋發現阿修一邊說話一邊起了變化，他的髮色變成黑色，但其中還是摻有一點藍，身邊發出的淡光也跟著消失。

「我們這樣還變得回去嗎?」小緋看了看自己的雙手，原本耀眼的光芒已經開始退去，抓了一把自己的長髮，果然開始變成黑色了，只在兩鬢留有一撮紅。

「效力只有一個時辰，所以我們在這段期間內可以放心的玩，巨鷹會在一個時辰後送我們回去，到時候如果不回去就會被雷神發現。」阿修整理了下自己的衣著。

「太好了!我們暫時是人族了!快點到處去逛逛吧!」小緋開心的拉著阿修準備去大探險。

「等等!妳這樣去會被當作神經病的!」阿修指著小緋身上的服裝，她還穿著下午要學習的劍術服，上衣是緊身的白色，將小緋的好身材調整得更加玲瓏有緻，褲子則是蓬鬆的黑色並且還有星星點綴的樣式，看起來十分高級，但卻不是人族會穿的。

「那怎麼辦?」小緋擔心的問。

「我們去『轉折點』吧!天界的服裝在人間是很奇怪的!」這次換阿修拉著小緋的手，前往一家賣著人族服飾的成衣店。

那是一間不算大的店，但對於天界與人間而言卻是最重要的「轉折點」。

當初創世神與人皇共同協議天上人間可以互通，但爲了保護族人性命，在每個通道口都會加上符印，如果不是有特殊理由不能擅自前往。若是因爲國務必須到其他空間，則需尋找每個空間所擁有的「轉折點」。在哪裡天界所使用的「丹幣」就可以轉換成人間所使用的「錢幣」，神族所穿的服飾也能在那些「轉折點」中換成一般人族的衣裝。

而小緋與阿修所在之地，就是台灣的「轉折點」。

「歐陽老伯，我來囉！」阿修一進門就大喊著，這讓在一旁的小緋感到十分不解。

「是阿修嗎？」一個小孩子從門後蹦蹦跳跳的跑過來，年約十歲左右，頭上用綠色的絲帶綁著兩個髮髻，身穿輕便的綠色小馬褂上衣，褲子則是淡淡的黃色。

「歐陽老伯，好久不見！」阿修見到眼前的孩子有禮的鞠個躬。

「今天帶女朋友來嗎？」小孩用十分童稚的聲音看了眼小緋後詢問。

「呵呵！老伯您說笑了，請您仔細的看看她是誰。」阿修轉身走到一旁，讓孩子看看原本在他身後幾乎被遮住的小緋。

「嗯……嗯……」被稱爲「老伯」的小孩瞇著眼睛，在小緋的身旁不停的轉呀轉，接著又聞了聞小緋的手。

「公主殿下遠來，臣尚未迎接有失禮節，尚請公主殿下恕罪。」就當老伯聞了小緋的手之後，立刻撲通的跪在小緋面前，聲音也從原本的孩子聲轉成一般成年男子的低沉嗓音。

「啊……沒關係啦！」小緋先是尷尬了一下，接著揮舞著兩隻手要眼前的「孩子」快起身。

「歐陽老伯，緋公主這次下凡，是有任務在身，爲了尋找人間珍寶給夫人當作生日禮物，但神祇殿下與夫人並不知情，也請您別透露唷！」阿修站在一旁手交叉的擺放在胸前，靠著旁邊的櫃子，單腳往後勾踏在櫃子上，臉上露出賊笑。

「公主小小年紀就如此有孝心，我不會將您的行蹤透露的。」眼前的孩子對自己再度欠身，小緋與阿修尷尬的互視而笑。

「現在我們需要跟您交換些錢幣還有拿一套人間的服裝。」阿修一邊說一邊翻起了一旁的衣服，替自己找了套淡藍色合身T恤，加上緊身的牛仔褲，順帶還拿了條圍巾。

「我立刻準備所需的錢幣，請二位慢慢挑。」

「歐陽……老伯……謝謝您……」小緋有禮貌的向對方道謝，只見對方揮了揮手便進入了後面的房間。

「其實依照妳公主的身分，直接叫他『歐陽』就可以了。」阿修一邊在更衣室裡換上衣服，一邊對著外頭的小緋說。

「你怎麼認識他的呀？」小緋一邊挑著自己接下來要換的衣裝一邊問。

「我很小的時候常常跟我老爸一起來人間出差，他是式神，需要到人間拿些天界沒有的轉接物，透過那些轉接物成為媒介，得以回溯過去、預知未來。」阿修解釋道。

「所以你很久以前就認識歐陽囉？」

「對啊！」打開更衣室的門，阿修將過長的褲管稍微捲了捲，接著挑了一套跟自己一樣的服裝給小緋。

「那他為什麼外表還是個孩子樣？」這次換小緋在更衣室裡邊換衣服邊問。

「我也不知道，但據說他已經好幾千歲了，我從還是孩子的時候他就一直是這個身高，這麼多年過去也沒看他長過。」

「這樣啊……」小緋打開了更衣室的門，穿著跟阿修一樣的淡藍色上衣與牛仔褲，脖子上的圍巾無論是長度還是花紋都一模一樣。

「咦？阿修，你跟公主穿情侶裝啊？看不出來你這小子，惦惦吃三碗公啊！」此時歐陽從門後走出來，手上拿著兩張卡片與一個皮夾交給阿修。

「什麼是情侶裝？」接過其中一張卡片，小緋不解的問道。

「情侶裝就是……唔……」

「啊哈哈哈哈！歐陽啊！在公主殿下面前有些事情不要亂說得好，謝謝你的幫忙啊！我們一個時辰內會回來，先這樣囉！掰掰！」

阿修趁著歐陽還沒向小緋解釋然後被小緋發現自己的意圖之前，他急忙帶著小緋離開了歐陽的店。

「哇！這麼多錢？」少根筋的小緋並沒有察覺到阿修與歐陽的異狀，卡片上顯示的數字讓她嚇了一跳。

「天上一丹幣等於人間兩百元錢幣，所以十萬元的錢幣額度對天界來說根本只有一點點而已。」阿修收起了皮夾與卡片，拉著小緋開始準備大啖人間的美食。

「這好臭喔！可是怎麼吃起來好香呢？」小緋端著臭豆腐一邊吹氣一邊笑著吃。

「哇！好可愛的黃色小鴨！還會浮在水面上耶！」

「鴨子不是本來就會浮在水面上嗎？」

「咦？是嗎？我以為鴨子會飛……哈哈哈！那我要買一打！」

「妳買這麼多做什麼啦！」

「洗澡可以一起玩！」

「……」

一個時辰就在小緋與阿修的「美食之旅」中愉快的度過了。他們玩得很開心，也帶回了一台人族的機器設備，據販賣之人所稱，它叫做「相機」，可以留下任何一個時刻的倩影。

「快走吧！時間要到了。」看著卡片開始閃紅光，那是提醒他們即將要回天界的訊息，阿修拉著小緋，踏著輕快的步伐、換回天界的衣飾、乘坐著神獸巨鷹，回到了天界。

第六章：新的國度

隨後小緋與阿修多次進入人間，他們遊遍了世界各地，也留下了很多回憶。

第一趟去了趟阿拉斯加看極光、跟北極熊一起賽跑、還觀賞了著名的奇景：冰河灣。

第二趟他們爬上人界最高的山峰——珠穆朗瑪峰，俯瞰雲海四出的樣子。

第三趟跳入人間最深的貝加爾湖，挑戰自己可以往下潛多深，雖然有神力相助，兩人還是花了一段不短的時間才來到深不可測的湖底。

第四趟兩人來到埃及吉薩金字塔群，聽著人界法老的傳奇。

第五趟將自己傳送到中國萬里長城，讚嘆人界皇帝對於疆域的堅持與奧祕。

第六趟去觀賞了泰姬瑪哈陵，感動著當年王者對皇后的忠心與真情。

接下來每一趟都有各自的主題：跟海豚一起徜徉在大海裡、在雪地上打滾、品嚐各個國家的食物、體驗了大多數的極限運動，例如：飛機跳傘、深海潛水、高空彈跳等等。

這段期間真的是小緋過得最開心的時刻。

而聰明的小緋也將從人間帶回來的東西都偷偷的收藏在自己房間裡，並且規定沒有經過自己許可不可以擅自進入，自己也爲了不讓父母擔心而更加勤奮，每當到了假日便是她與阿修到人間遊玩的日子。

小緋的轉變讓櫻與靛察覺到異狀，先前只是覺得小緋可能在成長叛逆期中或是她想通了要努力向學，所以並沒有多加思索她的轉變。

直到有天，櫻將小緋的衣服拿到她的房間去，發現偌大的房裡塞滿了各式各樣的人間物品，桌上擺著一台輕薄的筆記型電腦、床頭放著尚未拆封的智慧型手機、櫃子裡裝放了各式各樣的人間書籍還有一本相簿，翻開來看全都是她跟阿修兩人「偷渡」到人間所留下的「證據」。

「難道他們發現了我當初極力掩蓋的唯一連接口！」櫻喃喃自語道。

這讓櫻的心情很複雜，一方面她想知道多年前遺留在人間的小墨是不是還平安的生活著，但另一方面她身爲神祇夫人必須要做爲表率、做爲一個好的典範才足以率領眾神族子民，自己的孩子打破了不得擅自進出人間的規定，這勢必要好好懲罰一番。

阿修就算了，畢竟他是世交的孩子，多少要對他客氣一點，但對小緋，櫻並不會就這麼算了。

這天小緋與阿修又愉快的從人間回來，兩人提著一袋「戰利品」，有說有笑的從連接口走出來。

「到哪裡去了？」才剛出連接口，小緋跟阿修就被身後那熟悉的嗓音喚住，兩人僵直了身體慢慢轉過身去，帶著侍女與隨從的櫻就站在他們眼前。

「把他們帶到大殿去！」櫻一聲令下，身後的隨從立刻將阿修與小緋押到大殿去。

「媽……母親大人！」小緋低著頭掩蓋臉上驚嚇的表情。

「神祇夫人，這一切都不關小緋的事情，是我擅自帶她出去的。」阿修擋在小緋面前，頗有男子氣概的說道。

「阿修，這件事情我會告訴你的父母，由他們對你做出懲處，而小緋身為天界公主，不但不知分寸還帶頭作亂打破天規，這樣的行為不但令人不齒，更令我這個做母親的感到蒙羞。」櫻的姿態高高在上，小緋與阿修都嚇得不敢說話。

「神崎緋，從現在開始妳禁止與阿修見面，同時也禁足直到妳接管神祇一位為止，我也會封閉連接口。還有所有從人間帶回來的東西全部銷毀，妳需要為自己不穩重的行為付出代價。」櫻下達了這樣的命令後，看見了小緋充滿怨恨的眼神。

「為什麼？我只不過去人間玩一趟而已，沒有造成重大傷亡，連輕傷都沒有，憑什麼阻礙我跟阿修見面、憑什麼禁足我、憑什麼拿走我的東西？」小緋大聲抗議著，她不明白母親為什麼要如此小題大作。

「因為我是妳的母親、是北城的神祇夫人，妳身為公主……」

「夠了！如果是這樣我寧可不要當公主，我下凡去當個平凡的女孩，自力更生都好過在這裡被妳監控！」小緋大聲的喊著，眼眶帶著淚。

「小緋，不要激動，妳要注意自己的態度。」阿修在一旁低聲的說。

「什麼態度啊！你也不看看她那是什麼嘴臉，身爲神祇夫人就可以這樣爲所欲爲、監禁我嗎？而且我明明說過沒有我的允許不可以進去我的房間，這樣根本侵犯個人隱私！」小緋不再跪著，她站起身無禮的指著神祇夫人的臉咆嘯著。

「小緋！妳最好注意自己的禮節！」臉上帶有慍火的櫻也回吼著。

「我的禮節不適用在妳身上！」正値叛逆期的小緋整個火大的情緒從腳底直衝頭頂，在眾多侍女與隨從面前連一點面子都不給櫻。

「大膽！給我跪下！」用力拍了一下眼前的桌子，力道之大讓一旁的墨瓶震了一下灑出不規則圖形的墨汁，連一旁堆高的奏摺也因爲櫻用力的一拍而灑落一地。

「夫人請息怒！」在兩旁排列整齊的侍女與隨從們看到怒髮衝冠的神祇夫人脖子上的青筋已經快要爆裂了，深怕被波及的全數跪下。

「發生什麼事情？怎麼氣成這樣呢？」剛跟式神開完會的靛君在此時走進了大殿，後面跟著式神與其夫人。

「你看看你寵出來的好女兒！」櫻氣到再度拍桌，接著來到靛君的面前，距離女兒只有大約兩步的距離，而小緋只是直勾勾的瞪著眼前的母親。

「你們先退下！」支開所有的侍女和隨從，靛君一如過往的站在小緋面前，溫柔的看著女兒。

「阿修你別跪著了，起來吧！發生什麼事了？」靛君看到小緋和櫻怒視對方的樣子，自己無奈的笑了笑。

「神祇殿下，我……這一切都是我的錯，是我擅自找到連接點然後帶小緋往返人間。」阿修才剛站起來，被靛君這麼一問，「噗通」一聲又跪下去了，整個人都快要伏趴在地上。

「式神，你們先將阿修帶回去吧！現在這個場面我可能需要介入那兩個女人的戰爭！」再度無奈的勾起嘴角，靛君讓阿修與其雙親先行離開。

「臣遵旨。」式神夫婦和阿修向靛君行個禮後準備離去。

「小緋，無論如何都不要衝動！」阿修在小緋身旁耳語了一句，隨即跟著父母離開大殿。

「好了，妳們誰可以跟我說剛剛阿修說『往返人間』這件事情的細節呢？」在式神一家離開後，靛君立刻放下神祇的角色，現在他們是爸爸、媽媽與女兒之間的爭戰與調解。

「爸……父親大人，這不關阿修的事，是我自己要去的！而且那女人竟然擅自進入我的房間，根本沒有尊重我！」

「妳叫我什麼？『那女人』？我可是懷胎十個月把妳辛辛苦苦生下來的，妳再對我這麼不尊重，我就把妳關進去天牢裡面，永遠軟禁！」

「關就關啊！以為我怕妳嗎！從小到大只要我稍微不順妳的意，輕則關房間、重則用處罰侍女的方式教訓我，從來就沒有顧及到我的心情，說什麼女孩子要溫柔似水、說什麼公主要有公主的樣子、說什麼能夠生在這樣的神族世家是我的榮幸。哼！我從來就不屑有這樣的命運，如果真的要生下我，不如把我放水流！」

「啪！」

「妳知道自己在講什麼嗎？」

一聲清脆的耳光讓在場的三人都傻住了，櫻重重的落下了自己的手掌，在小緋的臉上烙下了難以挽回的衝動。

「櫻！不要衝動！」靛君皺了一下眉，心裡暗忖不妙，看著眼前用手摀著臉的女兒，連忙把妻子拉到自己身後。

「打啊！再繼續打啊！反正從小到大也不是第一次被妳打了！妳根本就沒有把我當成女兒吧！妳根本就不屑擁有我這個女兒吧！我的存在對妳來說是一種恥辱，對吧！」眼眶噙著淚，小緋此時的心情已經是「惡劣」所無法形容的糟了。

「小緋，妳母親她也是……」靛君想對女兒解釋些什麼。

「少跟我說她是爲我好，你們真的知道什麼是『爲我好』嗎？我無法決定自己的出生，但我總能決定自己的人生吧！我自己做的決定我會自己負責，少用一副大人的樣子來對我說教！」小緋倔強的不讓淚水滑落，硬生生的將那晶瑩的水珠給塞回眼裡。

「對！我就是一點都沒有把妳當做女兒、一點也不屑妳留在我身邊、妳的存在就是一種羞恥。怎麼樣！我這樣說妳會開心一點了嗎？」櫻說著與自己心裡完全大相逕庭的話。

「好……好……那我也不屑成爲公主，什麼公主、什麼繼承者，我都不要了！」小緋一氣之下頭也不回的跑開，回到自己的房裡「碰」的將門用力甩上，接著把自己埋在柔軟潔白的蠶絲床上放聲大哭。

「好了別氣了，幹嘛跟女兒爭鬥呢？妳們是母女不是仇人呀！」龍君無奈的替自己還有妻子斟了一杯茶，頓時大殿茶香四溢。

「你也不看看自己寵出來的女兒，一點家規都沒有，這樣還能成爲繼承者嗎？」喝了一口茶，整個熱氣從胃開始往外四散到四肢，接著櫻覺得自己的心跳稍稍緩和了些。

「孩子大了總會有自己的想法，到人間玩如果沒出什麼亂子就別太苛責她，把沒有封到的連接口封住就好，所謂『良言一句三冬暖，惡言傷人六月寒』，妳逞這一分鐘之快傷了妳跟小緋的親子感情，是妳之後要用好久好久才彌補得回來呀！」

「靛，我知道你因爲小墨的離開而把對孩子的愛全心的放在小緋身上盡情的寵愛她，但是孩子是要教的……」

「櫻，我也知道妳因爲小墨的離開而將一切的情緒有意無意的宣洩在小緋身上，這樣對她而言不是太不公平了嗎？雖然她們是雙子，但都有各自不同的情感呀！逝者已矣、來者可追，不要到最後連唯一留下的孩子都跟自己不親密了才後悔。」靛緊握住妻子的手，他知道她在孩子身上下了很多苦心，但管教過當只會讓處於叛逆期的女兒更加討厭自己。

櫻聽完靛的分析之後嘆了幾聲，心裡很是哀傷。

另一邊在房裡哭累了的小緋將上次與阿修一起去人間買的「電腦」開機之後，登入了聊天程式，也許往後在少了阿修陪伴又充滿壓力的生活中，只有寄情於網路才能讓自己有所解脫吧！

「咦！小墨在線上耶！跟她打著招呼好了。」一登入聊天室，小緋就發現自己的網友「小墨」正在線上，於是在鍵盤上敲了句問好的話按下傳送鍵。

而電腦另一端被小緋稱爲「小墨」的女孩也是剛上線不久，看到小緋傳來的訊息，她感到很開心，兩人在九個月前於網路上認識彼此，感情深厚、無話不談。

小墨從小就生長在教堂裡，美其名是教堂，實際是一所孤兒院，院長李婆婆是拉拔自己長大的「母親」。

小墨的眼睛是很罕見的墨綠色，髮色是比木炭還要更純黑的暗色，在星體的照耀下能夠發出閃閃的光澤，許多人第一眼見到小墨都會被她那天生麗質的髮絲給吸引住。

縱使學校的老師再怎麼宣導網路與現實之間的虛實，小墨依然喜歡獨自待在電腦前面，她不擅於交際、既內向又害羞，除了李婆婆和小緋之外，沒有人知道一但跟小墨熟稔起來，她是比任何女孩都還要開朗的。

「我媽今天又失心瘋了！」小墨還沒回覆，對方再次傳送了句話。

「怎麼了？還好嗎？」小墨關心的問。

「唉！不提也罷！對了，今天是我們認識滿九個月的日子吧？」

「咦？好像是呢！」

「妳那裡有沒有視訊？我們開來看看彼此的樣子吧！九是個吉利的數字唷！」

「好啊！」小墨不假思索的按下視訊的按鈕，耐心等著對方回覆。

終於漆黑的畫面跳出了對方所在的地點，寬大的房間、精緻的擺設都讓小墨一眼就看出對方是有錢人家，但最讓她感到驚訝的並不是自己高攀了富有人家的小姐。

當她開啓了視窗卻發現對方有著跟自己一模一樣的臉孔，不同的是那頭緋紅色的髮、散出微微紅光的瞳孔和鮮嫩欲滴的紅唇。

「我們兩個長得好像喔！」在電腦另一端的小緋看到小墨的樣子也很驚訝，那根本是同一個模子印出來的複製品。

「我聽說在這個世界上會有一個跟自己完全一模一樣的人存在，我搞不好真的遇上了……」小墨發愣的說。

「欸欸！妳第一眼見到我除了『跟自己長的好像』以外，有沒有其他想法呀？」看著小墨呆住的樣子，小緋立刻接問了一句。

「呃……是要有什麼想法？」小墨尷尬的笑了笑，她最不會形容別人的長相了。

「妳不覺得我看起來很漂亮、容光煥發嗎？」小緋撥了撥紅髮，自信的說。

「容光煥發？妳是油光滿面吧！」小墨一臉不屑的樣子嘲笑著小緋。

「妳這人真的一點也不討喜！」噘起了鮮紅欲滴的唇，小緋用手撐著自己的下巴靠在電腦旁。

「會嗎？很多人說我是天然呆，看起來很可愛啊！」小墨笑著小緋那失落的樣子。

「說妳天然呆？妳是天然蠢吧！」抓到機會立刻反擊，小墨先是一愣，接著兩個人哈哈大笑起來，笑到都飆淚了還停不住。

「欸欸！好啦！我要跟妳說個祕密！其實我們兩個所處的世界不一樣呢！」跟小墨聊天讓小緋的壞心情一掃而空，取而代之的是自己的本性：調皮與好奇。

「怎麼可能？妳要跟我說妳是鬼喔？」小墨「嗤」了一聲，表示自己的不相信。

「嗯……差不多啦！但我不是鬼，我是神！」

「妳是神經病吧！」

「欸！我是認真的耶！」

「我也是認真的啊！哪有人自己講自己是神的啦！真的是『人不要臉天下無敵』耶！」

「齁！妳這麼說根本是貶低我的神格、汙辱我的神性！妳可以嗆我生的美麗、可以說我長的可愛、可以嗆我簡直是天才，但就是一定要相信我說的話！」

「我還真是第一次遇到這麼厚臉皮的人欸！」

「這種程度妳就覺得厚臉皮喔？」

「不然還有更兇猛的程度嗎？」

「有啊！想聽嗎？」

「說來我聽聽看！」

「那妳要感到榮幸！」

「爲什麼？」

「可以跟這麼天生麗質活潑美麗溫柔體貼善解人意惹人憐愛陽光開朗可愛善良迷人動人可人熱

血高貴優雅嬌豔回眸一笑百媚生一笑傾人再笑傾城的我聊天是妳莫大的榮幸啊！」完全沒有斷氣、一氣呵成的講出了自己優點的小緋，說完之後大大的深吸了一口氣。

「……」

「嘿嘿！被嚇到了吧！」

「這真的兇猛了！這種程度我真的望塵莫及啊……」小墨一直回想著到底小緋是如何可以不用斷氣的把這一連串形容詞講出來。

「嘻嘻！那為了證實我說的是事實，妳想不想要來到我的世界？看看真實的我，也證明我的世界跟妳的不一樣。」

「妳該不會有幻想症吧！」

「妳才有幻想症咧！如果妳要來，我們就約時間地點我去接妳！」

「好啊！誰怕誰！」

於是兩個女孩相約下個星期六在某間服飾店前互等，而那間服飾店就是歐陽老伯所開的分店。

第七章：重回故鄉

到了約定的時間，小墨早早就到了服飾店外頭等候。

一大清早街上還沒有人潮，只有幾個老人聚在一起打著太極拳，還有幾個晨跑的路人經過自己身邊。

清晨的太陽總是特別溫柔，沒有中午的炎炙、沒有黃昏的悶熱，加上微風輕輕吹過，幾片楓紅的葉子飄過自己眼前，宛如一幅美麗的圖畫，而小墨九頭身的身材、標緻的臉蛋、隨風揚起的黑髮正是這幅圖畫最美的地方。

「嗨！讓妳久等了！」小墨轉過身，一個跟自己有著一樣的臉孔、一樣是九頭身的女孩快步走過來，細長的睫毛、緋紅色的秀髮就像綢緞一樣柔順的披覆在雙肩，嘴唇跟視訊時一樣都是鮮紅色，眼眸也是像出血一般的亮紅。

對於世界上存有這樣一個從頭紅到腳的女孩，著實讓小墨驚訝不已；相對的，小緋對於從頭黑到腳的小墨也抱持著同樣驚訝的態度。

「難怪妳要叫小墨，妳好黑啊！」

「難怪妳要叫小緋，妳好紅啊！」

幾乎是同時脫口而出，兩人相視而笑。

「唉唷！我不是指妳真的黑啦！我是說妳頭髮、瞳孔、睫毛都比墨汁還要黑，連嘴唇都像是擦上暗色系的唇膏，還有妳的衣服也都是偏暗色，但是妳的皮膚卻很白，幾乎要跟吸血鬼一樣白了！」

「妳也是啊！我還是第一次看到有人連睫毛都是紅色的！」

「這是我的特色呀！全北城只有我一個人是這樣唷！」

「北城？那是什麼地方？要坐飛機去嗎？」

「飛機？不不不，飛機可能到不了，我們騎老鷹去！」小緋說完還沒等小墨反應過來，拉著她快速跑進了服飾店，兩人慢慢的爬到頂樓，接著不給小墨任何反應的時間就直接把她從頂樓推下去。

「啊啊啊啊——」隨著一陣慘叫，小墨面向小緋整個人往後倒，重力加速度垂直降落中，而在她喊叫的同時，她看到小緋隨著自己也跟著往下跳！

「要自殺也不用拉著我啊！妳這神經病！」小墨暗忖自己還沒有滿二十年的壽命就這樣被一個神經病給扼殺了，突然覺得自己好多事情都還沒有去完成。

「唔……」隨著時間流逝，小墨沒有感受到撞擊地面的疼痛，只有風聲在耳邊不停呼嘯而過。

她緩緩張開眼睛，發現自己正騎在一頭巨鷹身上。

「妳要抓穩喔！」小墨抬頭一看，紅髮女孩在自己的十點鐘方向，對自己揮了揮手。

「難道她真的是神女？」小墨看著自己身下的巨鷹，再看看四周不停更換的景色，這一切當讓她感到不可思議。

這種驚訝的感受並沒有持續太久，她們在轉眼之間就抵達了天界。

「我就知道妳私自下凡了！」剛步出連接口，阿修就急忙上前關心。

「嘿嘿！還帶了個朋友回來！」小緋將身後的小墨介紹給阿修認識。

「什麼？妳帶人類回來？而且……怎麼跟妳好像！」阿修不可思議的看著小墨，又再看看小緋，那一模一樣的臉孔讓他百思不得其解。

「帶人類回來又沒有關係，不要讓媽發現就好了！」小緋嘀咕著。

「妳最好小心一點，最近神祇殿下還有夫人都忙著競技賽還有化妝舞會的事情。上次被妳這麼一鬧，要不是神祇殿下替妳講話，妳哪還有自由可以這樣偷偷下凡，還帶個人類回來？」

「好了啦！什麼時候你也變得跟我媽一樣煩了！」

「我是擔心妳耶！」

「不用擔心啦！我是天界的公主，除了我爸媽之外，沒有人可以阻礙我。」

「什麼？妳是天界的公主？」小墨聽到小緋與阿修的對話大驚失色，原來長久以來跟自己保持這麼良好關係的竟然是天界的公主！

「是啊！一個頗沒自由的公主，妳想要當，就讓給妳好了！」

「妳在開我玩笑吧？」

「哈哈哈！當然是開玩笑的，瞧妳一副緊張樣，走吧！我帶妳去參觀我家！」拉起小墨的手，小緋開心的從後門進入神殿。

「基本上，媽媽還是會禁止我去人間遊走，但是我都偷偷來！所以妳上來天界的事情也不能讓她知道，不然她一定把我轟了！」成功將小墨「偷渡」到自己房間的小緋先是左右看了一下，接著招手讓阿修也跟著進來，最後很迅速的關上門。

「沒想到我竟然在這裡！這是我一輩子連作夢都想不到的啊！」小墨一邊讚嘆著小緋的房間一邊四處張望。

「我的房間很大吧！」小緋得意洋洋的問，但她卻不知道這麼大的房間原本是給雙胞胎一起使用的。

「是真的很大！只是一間房間而已，竟然也可以分隔出書房、更衣室、健身房、陽台和臥室。」

「妳不能在天界留太久，爸媽會發現的，幸好他們最近都在忙其他事情，沒空管我！」

「其他事情？我剛剛聽阿修說好像是什麼……『化裝舞會』，還有『競技賽』是嗎？」

「沒錯！北城每四年都會舉辦爲期三天的競技賽還有兩天的化裝舞會，優勝者可以得到很豐厚的獎品。但對我來說那些根本就是家常便飯，四年前我在競技賽中贏得冠軍後，那些獎賞全都分給了當天觀賞的人群。」

「妳可以多跟我講一點北城的事情嗎？」

「可以啊！」於是小緋將自己知道從遠古至今所有關於北城的神話及故事全數告訴小墨。

小緋清楚而有條理的敘事能力讓小墨很容易就懂得北城的故事，再加上阿修時而會補充些資訊，這讓小墨對於北城這個陌生的城都有著很大的好奇心與期待感。

聊著聊著，時間也在他們嘻笑聲中度過。

「時間不早了！我必須在晚餐前送妳回去。」小緋看了看擺在床頭上的沙漏如是說。

「妳光看沙漏就知道現在幾點啊？」小墨對於眼前女孩的能力感到驚訝。

「天界都是用沙漏計時的，所以我從小就知道要怎麼看，妳如果從小生長在這裡，也會很快就學會的，現在我們快點走吧！」小緋拉著小墨的手，快步走出宮殿。

如同神族到人間去一樣，人族如果上到天界也要服下「天界丸」以隱藏人族本身帶有的氣味，一樣有時間限制。當時間一到人族還留在天上，就會放出大量的氣味引來許多人的注意，到時候一定會被依「擅闖天界」的罪名直接從天界丟入凡間，然後摔得粉身碎骨。

「我就不送了，妳從這裡跳下去，巨鷹會帶妳回去。」小緋站在連接口旁對著小墨說。

「我們還能再見面嗎？」

「當然可以啊！我明天就會下去找妳玩的！」

「太好了！學校已經開始放長假，我可以帶妳去很多地方玩！」

「那我們明天一樣是這個時間見面喔！」

「好，所以我現在是要跳……啊啊啊啊——」

未等小墨問完，小緋如同早上一樣直接雙手一推，小墨便跌入了連接口，消失在自己眼前。

「可不可以下次讓我自己跳啊！」連接口的那端傳來風急呼而過的聲音，接著傳來小墨的吶喊。

「巨鷹接到她了，我們走吧！晚餐遲到可是會被唸的！」小緋終究無視了小墨臨走前最後的呼聲，雙手放在背後，一蹦一跳的往大殿去，在她身後的阿修也只能乾笑著。

先前小緋可能一個月下凡一次，但接下來的幾天，她看準了父母忙於活動的規劃，幾乎是天天往人間跑，阿修雖然心裡覺得不妥，但在小緋苦苦哀求之下，還是會陪著她來到人間。

而小墨也因爲多了這兩個「異界」的朋友而感到特別開心，漸漸的李婆婆也發現了她的轉變，但她並沒有多想，只是單純覺得是因爲學校放假所以孩子才顯得特別開心、開朗。

這些天小緋跟阿修來到人間，在小墨的介紹與指引之下，他們不再去世界各地欣賞美麗的景色，而是挑戰了從來沒有嘗試過的極限運動，包含了高空彈跳、花式滑雪、跳傘、生存遊戲、極限單車、極限直排輪、攀岩、風箏衝浪等等，每一項都讓喜歡刺激與新鮮感的小緋大呼過癮。

「這真是太好玩了！沒想到人間有這麼多好玩的活動，比天界有趣太多了！」這天小緋剛結束跳傘的活動，因爲刺激而引起心臟劇烈的跳動、雙頰更泛起紅暈。比起在一旁已經軟腳坐在地上直呼可怕的阿修，不知道是小緋的膽子特別大，還是阿修太過於膽小。

「很好玩吧！我以前一直都想玩這些極限運動，可是都因爲沒有錢所以只能看別人玩！多虧有你們，我才能盡情享受。」小墨站在小緋身邊，一臉意猶未盡的樣子談笑著。

「妳們兩個還是不是人啊！從這麼高的地方跳下來都不覺得可怕嗎？這是沒有巨鷹來接的啊！」阿修一邊喝著溫水，一邊擦拭著冷汗。

回想起機艙被打開的那一順間，他因爲沒有抓好扶桿而被氣流從飛機裡拖出去，要不是因爲有教練急忙跟在他身後跳下來抓住他並拉開降落傘，他還不知道自己會落在哪一片海域，又或者會落在哪一片山林裡，被尖石或樹枝刺插身體。

「你真膽小！」兩個女孩嘲笑著自己的那種感覺真不是滋味，不過阿修此時並不想一雪前恥，他只想快點回到天界，畢竟那裡才是自己熟悉的環境、自己才能感覺到安心。

「小墨，明天就是四年一度的化裝舞會，想不想來參加？」小緋整理好自己的衣裝後，拿出一張邀請卡給小墨。

「我也可以去嗎？」小墨瞪著銅鈴般的大眼睛，直勾勾的看著小緋。

「當然可以囉！舞會現場是認卡不認人，加上妳裝扮之後一定沒有人認得出妳！」

「好啊好啊！我也想去看看神族的人舉辦的化裝舞會跟我們人族是不是一樣！」

「那明天早上我會請巨鷹來接妳，用跟上次的方式一樣就可以來到天界。」

「呃……妳是說跳樓嗎？」

「嗯！記得背後往下喔！」

「……」看著小緋天真無邪的樣子，小墨真想一巴掌呼下去。「爲什麼神族的人都要讓自己這麼危險呢？」

「沒有其他方式騎乘巨鷹嗎？」小墨不死心的問。

「其實也是有啦！不一定要跳樓！」

「是什麼？是什麼？快點告訴我！」小墨拉著小緋的手喊著，她心裡暗忖，只要不是這種愚蠢的行爲都可以接受。

「只要高度高於五層樓的地方，跳下來就好了，不管是大樓還是吊橋或是飛機，都可以！」

「……」

於是小墨馬上放棄了剛才堅決的心情，她還是乖乖的照著小緋的方式去天界好了，反正巨鷹會來接她。

隔天一早，幸好小墨的膽子本來就比一般的女孩來得大，所以時間上並沒有拖延太久，她就來到天界與人間的連接口。

「小墨妳來啦！快點快點，我已經請侍女們替我們準備好衣服，聽說這次很多人的裝扮都很威猛，所以如果要贏得大獎，一定要更努力打扮一番。」小緋才看到小墨的頭露出連接口，就急忙將手伸入洞口中抓住小墨，一把將她「提」出來。

「喏！這給妳。」小緋拿出一顆淡藍色的小藥丸遞給小墨。

「這是？」小墨看著眼前發出淡藍色光澤的藥丸，對小緋提出疑惑。

「咦？妳不知道嗎？這是天界丸呀！爲了隱蓋妳身上屬於人族的氣味，就像我們到人間一樣，都要吃這種藥丸。」

「沒有啊！我第一次看到！」

「妳上一次來沒有吃？」

「嗯！」

「怎麼可能……妳……」

「小緋、小墨，侍女們都被叫去大殿了，趁現在快點進來。」正當小緋充滿不解的時候，阿修在小緋的房裡，將頭探出窗外喊著，於是小緋拉著小墨快速步入神殿中。

「妳們這次的舞會主題是什麼呀？」小墨快步的跟在小緋身後，兩人來到小緋的房間，阿修已經換好衣服在裡面等了。

「人間派對。」小緋得意的拉開更衣間的門，映入眼簾的是各式各樣的服裝，琳瑯滿目、五彩繽紛。

「人間派對？什麼意思？」小墨不解的問。

「神祇夫人為了讓小緋與自己之間的感情更加親密，特地把這次的主題弄得跟人間有關。」阿修在一旁解釋道。

「這些衣服……」

「很不錯吧！都是我請歐陽老伯替我找的唷！這次一定會大獲全勝！」

在小緋自豪的衣櫃裡，擺放了多種款式的衣服：有燕尾服、睡袍、布偶裝、圍裙、滑雪衣、軍裝、水手服等等。阿修穿了一件燕尾服，筆挺的身材搭配著黑白相間的西裝看起來格外英挺帥氣。

「那妳有面具嗎？」小墨四處看了下那些衣服，果然都是人間所有的，但是……人類已經很久不穿這些服裝了，除非是在特定的場合才會穿。

「紙袋可以嗎？」小緋拿起一個牛皮紙袋，上面還挖了兩個洞，接著她把紙袋套上頭。

「……妳是犯人是吧！」小墨瞇起眼睛不屑的說。

「這樣不行阿？」小緋把紙袋拿下來，雙眼流露出些許落寞。「我以爲這個點子很新奇……」

「這樣吧！妳就穿上月光水手的衣服，然後只要妳一出場，妳就說『如果不聽話，我要代替月亮懲罰你』，然後順便做這個動作。」小墨看到好朋友失落的樣子，趕緊轉移話題，一邊講一邊將右手在空中畫了個大圓，接著左手從側面切出一個半圓，右手緊接著在額頭上比了個「七」的形狀。

這一比反而讓小緋整個精神都來了，二話不說拿起水手服往更裡層的更衣室走去。

「小緋是月光仙子，那妳呢？」阿修帶著一個閃閃發亮的半罩面具，旁邊還插有一根紫色、粉色、藍色相間的羽毛。

「我要扮演這個！」拿起七零年代的打歌服，上衣是V字型的領口，接著袖子從肩膀延伸到手腕的地方越來越開，就像一朵花一樣，褲子也是窄管褲，直到腳踝的地方變成跟喇叭花一樣的開口。

「妳穿這個？」

「沒錯！這可是好幾十年前的歌手打歌服，而且我最喜歡的歌手也有穿過這種服裝，有這麼好的機會怎麼可以錯過呢！」小墨一邊開心的拿起衣服，一邊往另一間換衣室走去。

等到換好服裝之後，小墨拿起從人間帶上來的髮膠，塗抹了厚厚的一層在自己的頭髮上，瞬間柔順的秀髮變成了僵直固定的鋼線。

接著她用手與大梳子將頭髮往前梳，直到自己的頭跟頭髮呈現九十度直角的樣子，接著再用燙捲棒將髮尾往回捲，固定幾分鐘之後就出現了櫻桃小丸子裡頭「花輪」的髮型。

「欸欸欸！妳的頭髮好厲害喔！我也要！」小緋看到小墨的頭髮起了這麼大的變化，心情突然興奮起來。

「妳是月光水手，頭髮應該是黃色的，我幫妳弄吧！」接著就像事先已經知道似的，從包包裡拿出一包金粉還有黃色的染劑，開始替原本紅髮的小緋染髮。

耗時頗久的兩個女孩終於在多次的洗頭、吹乾之後，把小緋的頭髮染成金黃色，接著小墨就像當初小緋連一點時間都不讓自己緩衝，就把自己從高樓推下去一樣，拿起金粉直接往小緋的頭上倒下去……

「啊啊啊啊——妳幹嘛啊！」整個臉上、頭上、肩上、身上都是金粉的小緋驚嚇得回頭看著正在咯咯笑的小墨。

「這樣才是真正的『黃金色月光仙子』啊！哈哈哈哈！」小墨看著眼前金黃色頭髮的女孩一臉驚訝的樣子，自己心中也稍稍體會了報復的快感！

此時外頭已經來到夕陽西下的時刻，外頭溫悶的斜陽夾帶著橘紅色的色彩直射室內，將其渲染成一片紅橙，而在太陽的照射下，小緋的頭髮更顯閃亮了。

「阿修接下來換你囉！」小墨看到阿修一直憨笑的樣子終於忍不住想要替他改造一下髮型。

「爲什麼是我？」阿修聽完小墨的話後大驚失色，但兩個女孩已經一左一右準備夾攻自己了！

第八章：身分曝光

阿修想抵抗卻無法抵抗，畢竟眼前的女孩有一位是公主，另一位是公主的好朋友，最後的下場就是頭上沾滿了各種顏料，可能紅橙黃綠藍靛紫都還不足以形容小緋與小墨倒在阿修頭上的染劑顏色。

「嗚嗚嗚……這樣我是要怎麼見人啊！」看著自己頭上那五彩繽紛又被髮膠直直抓起，活像顆五彩洋蔥頭一樣的髮型，阿修有種欲哭無淚的心情。

「阿修這樣很帥啊！」

「帥妳個頭！」

「欸欸欸！對公主講話是這種態度嗎？」

「妳少用公主的地位威脅我喔！」

「哈哈哈！不行嗎？我就要以公主的身分欽賜你這顆頭！」

「沒關係，反正宴會結束後我就馬上洗掉它！」

「阿修……這次的顏料上得很深，你可能要洗一個月才有辦法完全洗乾淨喔！」坐在一旁喝著咖啡的小墨靜靜的聽兩個人鬥嘴，最後插上了這句讓阿修身後出現晴天霹靂背景的話。

「我慘了……我完蛋了……」阿修這下真的是欲哭無淚了。

「欸欸！時間差不多了，我們快點入場吧！小墨第二次來到天界，帶她去吃吃我們天界的食物！」於是看到月光仙子開心的拉著貓王，身後還跟著有五彩洋蔥頭的燕尾俠，開心的朝會場奔去。

「請給我您的邀請卡。」守在入口處的兩名隨從打扮成古希臘人，身穿白色錦緞，原本平口的衣服多出一條帶子，從左肩的腋下延伸到肩膀上打了個漂亮的結，接著用一條水藍色的披肩披在左邊，露出右邊緊而結實的手臂。

他們看到戴著面具出現的小緋三人，立刻要求檢視入場資格。

「喏！給你！」小緋遞出了三張邀請卡，隨從看了卡片後遞給三人各一張小卡片，接著三人便順利的進入了會場。

這次靛把場地佈置交由櫻全權處理，而她則是引用了希臘神話的「奧林帕斯山」做爲背景，讓所有的隨從與侍女穿上白色錦緞並帶上桂冠。

「各位嘉賓，歡迎蒞臨四年一度的慶典，與以往不同的是，我將融合競技賽與化妝舞會，在今天晚上揭開序幕。」從潔白的希臘式石柱後頭走出來的櫻，拿起麥克風廣播著。

「上一次的比賽承蒙各位相讓，小女神崎緋得以大獲全勝，這次請各位千萬不要客氣。在你們每個人入場的時候，隨從都會給你們一張卡片，卡片會自動選擇戰鬥指數較高的九位入場者，並賜與你們一個希臘神的名稱，同時也會顯示出你們的弱點。保護好自己的弱點並攻擊別人的弱點，使自己成為最後勝出的勝者就是這次格鬥競技第一場的目的。本次競賽採取計分制，攻擊別人使其倒下將獲得十分並同時吸取對方先前爭取而來的分數，但若貿然攻擊卻失敗則會喪失十分。現在請各位觀看手上的卡片，如果浮出文字請移駕到隔壁格鬥場。」櫻用輕柔卻堅定的語氣解釋這次的參賽規則。

話語剛落下，大家紛紛低頭看著自己的卡片，不意外的，小緋與阿修是被選中的戰士，但意外的卻是身為人族的小墨竟也在卡片背後發現自己是「愛情女神——阿芙蘿黛蒂，弱點：臉部碰觸」的字樣。

就在短短的五分鐘內，九位被選中者已經入場完畢，目前只知道九位希臘神分別為：雅典娜、波賽頓、赫密斯、海格力斯、阿芙蘿黛蒂、邱比特、阿波羅、黑帝斯以及阿瑞斯。

當中只有小緋與小墨是女孩子，各神與神之間並不知道對方是誰以及弱點為何，必須經由謹慎的判斷、分析還有些許運氣去猜測。如果貿然攻擊，自己就不可能在這場爭鬥中脫穎而出，而沒有被選中的神族子民可以坐在競技場周圍觀看這次的競技賽。

從來沒有打架經驗、更沒有與神族交手過的小墨顯得特別緊張，她只有從小在學校學習的空手道、劍術以及某次夏令營學的「簡單點穴」可以發揮，但她並不知道自己是否可以用這些凡人的技巧去對抗神。

「妳第一次來，我來幫妳吧！」小緋看著手足無措的小墨，她不懂身為人族的小墨為什麼會被選中。雖然心裡感到驚訝，喜悅卻勝過了疑惑，能有個像姊妹般的朋友在一旁與自己並肩作戰，就算不獲得最高積分，她也無所謂。

畢竟身為天界的公主可是要什麼有什麼的！但是身為凡人的小墨卻是難得一次參與這樣的競賽與鬥爭。

「要怎麼做？我一點神力也沒有！」小墨緊張的樣子看在小緋眼裡就像把一隻羚羊放入老虎的地盤中，必須要很奮力的奔跑才能脫逃被吃掉的命運。

「我知道妳在人間有學過一些武術，我會用神力告訴你要攻擊誰的什麼地方，照做就對了！」身為天界公主的小緋多少還是有點特權的，她戴上了父親前幾天交給自己的頭盔、穿上鎧甲，小墨立刻猜到眼前的好友是戰鬥女神——雅典娜的化身。

而那頭盔有個機密：裡面已經裝載了哪位希臘神擁有哪些弱點，接下來只要分析被選中的人是代表哪一位神就可以了！

「那我要怎麼跟妳溝通？總不能一直跟妳黏在一起吧？」

「這給妳，貼在耳朵後面。」隨即小緋拿出了一張銀白色的紙交給小墨。

「這是？」

「傳音紙，我有另外一半，當我對傳音紙說話的同時，內容就會傳送到妳那一張，這樣就可以溝通了！」

「果然是天界啊……東西都這麼神奇……」

「雖然有點對不起阿修，但還是盡早讓他退場吧！」小緋著裝完畢之後的樣子威風凜凜，彷彿是站在高城上可以一統江山的將軍，但卻同時擁有了美貌與智慧，真不愧是雅典娜的代表。

「阿修是海神波賽頓，只需要讓他全身濕透就可以了！」小緋看著阿修笑了一下，那笑容淺淺的卻能讓人引發無限遐想。

「妳怎麼知道？」小墨疑惑的問。

「阿修走遍了整個競技場，卻遲遲都沒有靠近水池一步，每當快接近水池的時候他就會立刻掉頭，妳可以試試看！」小緋清楚的下達了指令，而小墨則是沒有絲毫猶豫直接往阿修的地方快速衝上前，而發現不對勁的阿修也急忙赤手空拳抵抗小墨的攻擊。

「小墨！妳幹嘛攻擊我？」

「阿修，對不起了！」阿修從小墨的眼神中看不見平時的光澤，取而代之的是殺戮的血絲分佈在墨綠色的眼球旁邊，她的嘴角勾起了跟小緋一樣的笑容，速度之快讓阿修根本無法反應就被小墨壓制在地，接著身體便動彈不得了。

「妳對我做了什麼？」阿修驚慌失措的叫著，他只剩下嘴巴和眼珠可以動了！

「幫你點個穴而已，別擔心，等等會替你解開的！」小墨臉上依然掛著笑容，接著她竟然拖著阿修就像拖著屍體一樣往水池的方向奔去，阿修除了驚嚇之外還是驚嚇，他根本無法動彈的就被丟入水池。

不出所料，他果然就像小緋分析的一樣是海神波賽頓，而他在入水的同時也被判除了失去格鬥的資格。

「最毒婦人心啊……」被解穴的阿修望著小緋與小墨互相擊掌的樣子，他深深的體會到人間那句「惹龍惹虎千萬不要惹到母老虎」的諺語，他今天是完全被擺了一道。

其他參賽者看到小墨攻擊阿修的樣子也被嚇到了，都以為眼前的女孩就是天界公主神崎緋，對之有種敬畏的態度，殊不知真正的天界公主正站在陰暗處，將自己完全沒入黑暗中隱藏。

「小墨，接下來是右邊三點鐘方向的男子，他是神之信使赫密斯，把他手中的木製拐杖折斷，他就沒有攻擊能力了！」

一直待在陰暗處的小緋不停的使用傳音紙指引小墨攻擊別人，大家都對於小墨快速又充滿爆發力的攻擊感到十分恐懼，當然還有一部份的原因是大家都以爲她就是天界公主。

直到最後，小墨與小緋運用了良好的默契，一個指揮、一個行動，終於戰場上所有的希臘神都被打退了，只剩下她們兩人面面相覷。

「我打不過妳，妳來攻擊我吧！」小墨知道自己並沒有可以看穿人心的能力，於是便在小緋面前準備棄權認輸。

「那先握個手吧！」小緋伸出右手，展現出友好的一面。

「嗯！」小墨不疑有他也伸出右手回禮。

「戰鬥女神——雅典娜，失格。」就在握到手的那一瞬間，現場廣播響起了判小緋失格的聲音。

「爲……爲什麼？」小墨腦袋一片空白的看著小緋，只是握個手也算贏？

「喏！」小緋將自己的卡片拋向天空，形成一個美麗的拋物線後往下墜跌在小墨的手裡。

「戰鬥女神——雅典娜，弱點：手掌」

「妳……明明手掌就是弱點，爲什麼還要讓我握住？」小墨激動的看著眼前的女孩，有種感動又複雜的心情。

「唉呀！這種比賽我從小玩到大，都已經膩了，讓妳贏一次也沒什麼不好啊！我今天玩得很開心唷！」小緋揮了揮手，接著就被帶到一旁的失格之位與阿修坐在一起，後者還不停的跟她抱怨爲什麼自己是第一個攻擊對象。

「優勝者，愛情女神——阿芙蘿黛蒂！」就在小緋退場後，現場的廣播再次響起，觀眾席爆出一陣歡呼聲響徹雲霄。小墨從來沒有被這麼多人歡呼過，沒有人知道此時戴著面具的她鼻頭一酸，感動的淚水沿著臉頰緩緩滑落。

「神祇夫人要見您，請隨我去趟神殿吧！」隨後兩名隨從來到小墨身邊，向後者欠身後說道。

「我……」找不到拒絕的理由，小緋與阿修又不在自己身邊，小墨只好自己獨自跟著隨從進入大殿。

第一次來到大殿的小墨不禁對整個神殿發出細微的讚嘆聲，如果「氣派」、「堂皇」、「華麗」這些是對建築物最好的形容詞，那在小墨眼裡呈現的，是比那些形容詞更好上好幾倍的美。

隨從們將小墨送達神祇夫人面前後便退下了，空曠的大殿只有櫻和小墨兩人。

「摘下妳的面具吧！我知道妳不是神族的子民。」櫻開門見山直接切中要點，小墨心裡一驚，不得不對這天界的皇后感到敬畏與佩服。

「媽！妳這樣會嚇到她啦！」此時熟悉的聲音響起，小緋與阿修從椅背後走出來，臉上掛著尷尬的笑容。

「嘖！跟妳說過多少次，在外人面前要稱呼我為『母親大人』，怎麼講不聽呢！」一掃剛才的嚴肅，小墨看到的是一個母親正在對自己的女兒說教。

「好好好，母親大人！」小緋一臉不在意的隨口喊了一聲。

「把妳的面具摘下來吧！整場戰鬥妳都吸引了我的注意力，小緋也已經告訴我妳是她人間的朋友，她私自帶凡人入天界的事情等一下再跟她算帳！」櫻一邊說一邊瞪著小緋，後者只是滿臉不在意的看向別處。

小墨見事情瞞不住了，便將臉上的面具緩緩的拿下來，撥了撥頭髮，她姣好的面容完整的顯示在櫻的面前，但她看到的並不是櫻成熟穩重的態度，而是一反常態的張開了嘴，表情驚訝的看著自己。

「媽……母親大人，您的下巴都要脫臼了，收一點吧！」小緋看不下去母親脫序的表現，連忙在一旁提醒著。

「妳……妳叫什麼名字？」櫻壓抑著自己激動的心情，緩緩的問。

「李小墨。」

「妳是在哪裡出生的？」

「我不知道，我只知道我在一間孤兒院長大，院長姓李，所以我也跟著姓李。我不知道自己的雙親是誰，也不知道自己從哪裡來，唯一知道的線索只有這塊墨玉。」小墨從懷裡拿出一塊自小就帶在身上的墨玉，純黑中帶有點微綠的光澤。

櫻的視線再度被那塊墨綠色的玉珮吸住了，一股熟悉感油然而生。

「怎麼可能……有這麼巧的事情！」櫻完全愣住了！在一旁的小緋則是被母親的反常給嚇到。

「母親大人，您怎麼了？」小緋擔心的上前關心，縱使之前很怨恨母親管自己管得太兇，但畢竟母親是除了父親之外自己唯一的親人，所謂「血濃於水」，親子之間的羈絆是斬不斷的。

「妳是我的孩子！」櫻終於忍不住自己的激動，上前擁抱了小墨。

「怎……怎麼可能，您別跟我說笑了，我怎麼可能是您的孩子呢？」小墨先是岔了一口氣，接著不可思議的揮手否認。

「不，妳就是我的孩子！」

「妳……那……那妳要怎麼證明我是妳的孩子呢？」

「那玉珮後面是不是刻著一首詞？」

「妳怎麼知道？」

「因爲那是我刻的呀！那是巫女的祝禱詞。」

「怎麼可能……」

「呵一口氣，我看見模糊中的妳，
灑了一地，我聞見思念的氣息；
塗一抹艷麗，感受華麗伴隨著清新，
輕聲呼喚妳，我看到妳帶來的曾經。」

櫻緩緩的用歌聲唱出玉珮後的祝禱詞，就在最後一句話語落下的瞬間，噙著閃閃亮光的眼睛也滑落了好幾滴的淚水。

「這麼多年……妳還是回到了我身邊……」激動的抱著還反應不過來的小墨，櫻的心情既開心又憂心。

畢竟自己當初放水流的女兒平安回來，但隱憂的卻是雙子滅城的詛咒是否會即將應驗。

「我怎麼可能是天界皇后的女兒……我是李小墨……是從小生長在孤兒院的女孩……」

「不！妳的本名叫做神崎墨，當初是因爲一場意外，所以我才失去妳的！」隨便找了個藉口搪塞，櫻不希望小墨知道自己是被丟掉的。

「那……那爲什麼這麼多年來，妳跟爸爸沒有來找過我呢？」小墨感受到自己濕潤的眼眶，還有從心底湧上來的那股窒息感，她不敢相信自己跟小緋一樣，是天界的公主。

「我有拜託雷神替我尋找在凡間的妳，但是卻一直沒有下文。」

「雷神……打雷……哦！因爲我很害怕打雷，所以只要天氣一變得陰暗，我就會躲在屋子裡不願意出來。」

「我的孩子……妳終究還是回到我身邊了！來，讓媽媽好好的看看妳！」櫻開心的摸著小墨的頭髮、臉龐，並親暱的擁抱著她。

「我怎麼可能是天界的公主呢……那不可能啦……」

「是真的！憑妳身上那塊墨玉還有祝禱詞，那是巫女世家相傳的寶玉，我絕對不會認錯！」

「但……人間的仿製品很多……我是說……這也有可能是假的呀！」

「不……縱使人間的工匠技巧再怎麼好，也絕對無法打造出一模一樣的玉珮，這是天界特有的紋路，更是巫女世家相傳的符文。」

「所以我們是姊妹？」在一旁的小緋聽到這樣的消息也感到十分吃驚。

怪不得兩個人從認識到現在默契一直都很好，不但擁有一樣的臉部輪廓，還有小墨就算沒有吞食天界丸也能長時間待在天界不被發現，加上沒有小緋的引領，小墨就可以通過連接口來到天界，這下子迷團終於解開了。

「妳們是雙胞胎姊妹，幾乎沒有任何時差、同時出生的雙胞胎姊妹！」櫻摀著嘴開心的說道。

「可是……單憑一塊墨玉就確定我是天界的公主……我是說……我一直以來都是一個人生活著，現在突然知道自己的親生父母還健在、還有一個雙胞胎姊姊……更讓我感到驚訝的是，我竟然是天界的公主……這根本就是麻雀變鳳凰，太讓人難以接受了……神祇夫人，您確定您沒有認錯嗎？」

「唉唷！我要怎麼做……怎麼說……妳才願意相信我是妳的母親、妳是天界的公主呢？」

「我……我也不知道……」

「對了！小緋左側的腰間有一塊星形的紅色胎記，妳的則是黑色的，對不對！」

櫻的話才剛落下，小墨瞠目結舌的看著眼前的女人，自己的左側腰間的確有塊胎記，的確是黑色星形的樣子，因爲自己從小個性就孤僻，不太與人交流，自然這件事情只有自己和李婆婆知道。

「……這麼說！妳真的是我的媽媽！」小墨爲之一愣，接著櫻將其摟進自己的懷裡。

「是的！我是妳的母親，妳是天界的公主！」櫻緊緊的將小墨抱著，深怕一放手就會再失去一樣。

「這麼說……我有妹妹了！」小緋開心的叫著，小墨也開心自己不再是孤單一個人，自小就希望有個姊妹相伴的兩人這下感情更加親密了。

但卻沒有人發現櫻雖然笑著，但眉頭卻緊皺著，如果讓靛君知道自己沒有將小墨投入死亡地窖裡，那可是欺君大罪呢！

「妳們過來，我跟妳們說個故事！」櫻看著眼前兩個女兒親密的樣子，彷彿詛咒就會從她們這代消失一樣，但該避免的還是要避免，櫻決定說出「雙子滅城」詛咒的故事讓兩姊妹作爲警惕，希望她們無論遇到什麼困難都可以像現在一樣感情這麼好。

第九章：神器交替

自從相認以來，小墨天天都待在北城，在小緋與阿修的引領之下，她漸漸理解了北城的歷史與人文，開始品嚐天界的食物、遊玩天界的所有地方，彷彿要將自己過去那十幾年來的空缺一次補齊。

小緋也因爲多了個妹妹而感到開心，自然對櫻的態度就不再如此莽撞與衝動，小墨穩重的個性多少也影響了她。

而櫻雖然很開心兩個女兒都陪伴在自己身邊，但她卻不知道該如何向枕邊人開口，只能先交代小緋暫時將小墨藏起來，等到時機來臨再讓她與靛相認。

這天晚上，小墨趴在圍欄上，任憑清風捎來的溫暖伏上自己臉龐，在月光的照耀下，她的五官顯得立體而動人、隨風揚起的髮絲被一雙潔白的手按壓住隨即塞向耳後，接著她轉過身去看著坐在床上的雙胞胎姊姊。

「小緋，我想去回人間看看李婆婆，我出門的時候只有跟她說我要去旅行，但這麼久都沒有跟她聯絡，她一定會擔心的！」轉眼之間小墨已經待在北城好一段時間了，她思念在人間養育她十幾年的李婆婆，不知道她是否安好。

「好啊！我也好久沒有去人間了，天一亮我們就去！」翻著書籍的小緋聽到小墨的聲音便放下手中的書，揚起紅色的眼眸笑著對視眼前的妹妹。

「謝謝妳！」回應了一個淡淡的笑容，小墨離開了陽台，回到自己那如蠶絲般舒適的床鋪。

「小墨。」正當她的雙眼準備闔上的同時，熟悉的聲音在枕邊響起。「我怕黑，我們一起睡好不好？」

「妳每晚都跟我一起睡耶！明明妳自己的床就比較大張啊！」面對孿生姊姊那膽小的樣子，小墨真無法想像她來北城之前的日子，小緋是怎麼度過的。

「那妳來我的床上睡！」

「不要！妳也老大不小了，都十九歲了還要人家陪妳睡！羞羞臉！」

「我就害怕嘛……」看著小緋緊皺眉頭，像個孩子需要人家哄的樣子，小墨只能暗自在心裡哭笑不得。

「好啦好啦！最後一次陪妳睡喔！」

「嗯！」小緋開心的點點頭，笑得像個純真的孩子。

雖然小墨每次都說最後一次，但總是會拗不過小緋的要求，最後兩人還是睡在同一張床上。

「欸！小緋。」兩人躺下後不久，不知道是窗外的月光太過皎潔明亮，還是真的睡不著，小墨叫了聲旁邊的姊姊。

「嗯？」

「妳睡著了嗎？」

「我都回妳了！妳在搞笑嗎？」

「……」

「好啦！我開玩笑的，怎麼了？」

「我剛剛想到一個問題……父親他總會有退位的一天，到時候我們兩個一定只能有一個繼承他的位置，妳覺得，父親會選誰呢？」

原本還有睡意的小緋被小墨這麼一問，心頭突然一震，因爲她睡前所翻閱的那本書，就是記載著第一代神祇的雙子，因爲繼承問題而大動干戈滅北城的故事。

雖然傳說或多或少都是真的，但她卻不希望自己跟小墨會發生這樣的事情。

「小墨，妳很想成爲繼承者嗎？」

「也不是說很想……只是……畢竟繼承者權力之大……」

「如果妳想當就給妳當吧！我不在乎。」小緋背對著小墨，咬著手指說。

「真的？」

「嗯！比起相爭天界最高神位，我更重視的是與妳之間的手足之情。」
「真的嗎？妳對於權力一點都不在乎？」
「我從小就在這麼優渥的環境下長大，而且我們感情這麼好，就算妳當上了神祇，也不會忘記我的，對嗎？」
「嗯！如果是我當上神祇，我一定不會忘記妳的！」
「妳真的很想成爲神祇嗎？」
「嗯……怎麼說呢……我從小就在孤兒院長大，看到沒錢沒勢沒地位被人欺負的例子太多了，所以我告訴自己，如果有機會，我一定要努力爬上枝頭變鳳凰，給那些曾經看不起我的人一點顏色瞧瞧！尤其是那些仗著自己身後有靠山就欺負人的那些富家子弟，我要讓他們知道人外有人、天外有天，看他們之後還敢不敢這麼囂張！」
「感覺妳好像被欺負過呢！」
「對啊！那是一段不堪回首的記憶，但是我相信等我當上神祇後，我一定會讓他們知道，這輩子他們最不應該犯的錯，就是與我爲敵！」
「嗯……」善良的小緋無法體會小墨所說的那種仇恨，身後的小墨讓自己感到一絲不安與害怕，但是自己真的不想要成爲神祇嗎？從小父母給自己的那些訓練，不就是爲了培養自己成爲父親的接班者嗎？現在貿然的答應了小墨，最後的結局會變成什麼樣子小緋也不知道。

「小緋，妳真的不想當神祇嗎？」

「……」面對小墨的提問，小緋只能沉默以對，她不知道……她真的不知道。

「睡著了呀？」小墨看了一眼旁邊的姊姊，笑笑的也轉過身去。「晚安了！」闔上雙眼，她希望一切會如同自己想像的一樣順利。

但一旁的小緋根本沒有閉上眼睛，她發現自己還是渴望著神祇的地位，她不想要把位子讓給小墨，但又不想破壞手足之情，陷入天人交戰的小緋緊皺著眉頭，不停思索解決方式，直到天空微微露出魚肚白，她才緩緩睡去。

寂靜的室內盤旋著一股寒冷的氣息，小緋與小墨心裡各自盤算著未來，但更需要注意的卻是多久後會來臨的雙子滅城之咒。

「緋公主殿下、墨公主殿下，早安，請問二位起床了嗎？」小緋感覺自己才剛沉沉睡去不久，門外就揚起一陣敲門聲。

「嗯……我們醒了……」未等小緋回應，已經起床坐在書桌前的小墨就替自己應聲了，接著將門打開並點頭向侍女們問好。

「請問需要替二位準備什麼樣的早餐呢？」侍女畢恭畢敬的說道。

「不用麻煩了，我們要去人間一趟。」小墨就像一個有教養的公主，穿著母親替她準備的衣衫，墨綠色的長擺攤覆在地上，兩袖薄紗隨著她的動作也跟著擺動，烏黑亮麗的秀髮安靜乖巧的披覆在小墨的肩上，臉上淡淡的彩妝讓她看起來更加出眾美麗。

更別說小墨的行為舉止都讓在一旁微張著眼的小緋感到驚訝，那是自己一直以來都學不會的禮儀，向來她都是一個在侍女們眼前十分大剌剌又調皮的公主，反觀眼前的孿生妹妹，她突然覺得自己神祇的地位真的會不保。

「需要告知神祇夫人嗎？」侍女們依然謙卑的說。

「嗯……跟她說一聲好了，說我要回去以前生長的地方向養育我的人告別，我日落前會回到宮殿。」

「是的，請問還有什麼需求嗎？」

「暫時先這樣，如果有需要再麻煩妳們。」

「公主客氣了，我們先告退。」

等到小墨將門關上，小緋坐起身來，雖然多了一個妹妹很開心，但在那些侍女的眼裡，小墨永遠比自己成熟穩重，以往要溜去玩，她從來不會向母親大人告知，更別說對侍女們講「麻煩妳們」這種話。

「妳醒啦！快點換衣服，我們要出門了！」小墨迅速的進到更衣間換上人間的衣服，拿起背包看著還坐在床上的小緋。

「嗯……」小緋隨口應了一聲，也進入了更衣室換了套衣裝。「對了，找阿修一起去吧！」

「好啊！我請侍女們連絡他！」

「不用了，他這個時間一定在後花園裡等我去找他。」

「咦？妳怎麼這麼肯定？」

「我們是從小玩到大的朋友，他的生活習慣我很清楚啦！走吧！」換好衣服的小緋拉起小墨的手，兩人快速來到後花園的連接口，果不其然，小墨看見阿修正坐在一旁的鞦韆上盪著。

「阿修早安！」小緋開心的與阿修擊個掌，小墨則指是在一旁點頭打招呼。

「早啊！妳們今天要去人間嗎？」阿修看了看兩人的裝扮猜測道。

「對啊！我要回去之前的孤兒院，跟院長道別。」小墨回說。

「剛好我也有事要找歐陽老伯，一起走吧！巨鷹在等我們了！」阿修說完便跳入了連接口。

「他怎麼知道我們要去人間？」小墨不解的問。

「呵呵！只是剛好吧！快走囉！」小緋臉上似笑非笑，其實她早就在昨晚入睡前用傳音紙告訴阿修這件事了。

三人熟稔的跳下連接口，接著巨鷹也沒讓他們失望的準確接住他們，最後停在歐陽老伯的服飾店前。

「你們來了！」歐陽老伯就像早就料到三人會一同出現一樣，感覺已經在門口等候多時了。

「歐陽老伯，多日之前家父就說您有事情找我，很抱歉拖了這麼久才下來。」先是向童顏鶴髮的孩子微微鞠個躬，阿修有禮的說道。

「沒關係，小墨公主回歸天界的事情已經傳到我耳裡了，對於雙子之咒我也一直都抱持著相信的態度，尤其是像我這個活了好久好久的人，見證過第一代神祇與其子嗣滅城的樣子，所以一直都相信那樣的詛咒是真的。」

歐陽老伯摸了摸自己的頭髮後看了看小緋三人，發現沒有反應便繼續接著說。

「自古以來要破解這樣的詛咒並不是沒有辦法，而是因爲太過困難所以無人能達成，二位孿生公主回歸天界勢必將引起一陣喧然大波。」

「那要怎麼樣才能破解呢？」小緋不等歐陽老伯說完，便搶著說話，她知道只有破除詛咒才不會犧牲自己的家人與族人。

「傳說十大神器能破除詛咒……」

「歐陽老伯是哪十大呢？要去哪裡尋找？」阿修看出小緋的著急，也急忙詢問著神器的下落。

「看看這顆水晶球吧！」歐陽老伯從店內拿出一顆泛著微微橘光的水晶球，接著在它面前比劃了幾下，水晶球立刻放大成一面足以覆蓋歐陽老伯那間約二十幾坪店面的大鏡子。

「我所知道的十大神器分別為：

【東皇鐘】——天界之門。

十大神器力量之首，力量足以翻天覆地、毀滅世界、吞噬諸神。

【軒轅劍】——最強力量。

用於斬妖除魔的千年古劍，當初人族的軒轅帝用其擊敗蚩尤換取和平，其內蘊含強大的力量。

【盤古斧】——穿梭太虛。

傳說創世神交與盤古此斧將世界分為天上人間，此斧有穿梭太虛之力，威力不下軒轅劍。

【煉妖壺】——煉化萬物。

古稱『九黎壺』，能造就一切萬物但也有驚人的毀滅之力，內部有個大到能將天地收納入內的奇異空間。

【昊天塔】——吸星換月。

原為天界重寶之一，擁有浩大無邊之力，據說能降一切妖魔邪道，必要時連諸神都能降服。

【伏羲琴】——操縱心靈。

一把伏羲氏以天絲和天玉所製出的樂器，泛著溫柔氤氳的白色光芒，其琴音能使人心感到寧靜祥和，傳聞擁有此琴便能擁有支配萬物心靈的神祕力量。

【神農鼎】——熬煉仙葯。

又名為『造物鼎』，是神農氏當初為了蒼生遍百草，昔日其煉製百藥的古鼎，正因積聚千年來無數靈藥之氣，所以能煉出天界諸神都無法輕易得到的曠世神藥，並隱藏其他神祕力量。

【崆峒印】——不老泉源。

在崆峒海上由龍族所護守的神器，上面雕刻著五方天地形貌，並有龍紋盤繞，得到它的人就能擁有天下、使人長生不老。

【崑崙鏡】——時光穿梭。

在崑崙天宮裡有一面神鏡，擁有自由穿梭時空的力量。但神鏡被人所偷，自今下落不明。

【女媧石】——復活再生。

人類之母女媧捏土造人、煉石補天，並幫人族收伏許多妖魔，自古為人族所景仰。相傳女媧曾為救自己病故的愛女，將自己萬年的修行貫注在一顆昔日補天所餘的五彩玉石上，自此那顆靈石就如同『還魂香』一樣具有能讓人復活再生的能力。」

歐陽老伯一邊說，水晶鏡一邊投射出十大神器的樣貌。

「老伯，你知道這十大神器的下落嗎？」小墨看完之後若有所思的問，但被詢問者卻只是嘆了口氣後搖搖頭。

「這是上古遺留下來的神器，每一件都具有強大的力量，只有將它們全部聚集在一起才得以破除雙子之咒。」

「除此之外沒有別的辦法嗎？」

「當初創世神留了一口玉鼎給我，但我參不透其中的奧祕，千千萬萬年下來，只能看著雙子之城一直被滅。我這裡有三項人族之王的神器，蘊含了千萬年的精華，我教妳們使用，但非必要不要拿出來，神器一出便會造成傷亡。阿修的體內有式神的力量可以將其壓制，所以我將這三把神器放在他的體內。」歐陽老伯說完便走入室內，等他再次出來時，手上拿著三把玉器。

「緋公主，您的爆發力十分強大，『八咫鏡』是您最能掌控的武器，它除了能照出妖魔原形之外，還能自由轉換成八種型體，屬於攻擊類武器。」歐陽老伯說完便將一把看似普通、上面鑲著玉墜的鏡子遞給小緋。

「墨公主，您內斂沉穩、步伐穩重，『八咫瓊勾玉』是您最能掌控的武器，它可以自由變換成任何防禦類武器。但我們所說『相由心生』，武器也會隨著主人的修練而改變模式，讓它不再只有防禦的功能。」接著便遞給小墨一顆尖辣椒形狀的墨玉墜。

「阿修，你是式神之子，從小就懂得用劍，所以這把『天叢雲劍』交給你。你為神族子民，必須保衛神祇於平安，這把劍與兩種八咫神器融合後會有意想不到的效果。」一把與阿修身高差不多的大劍插在他的面前，但實際舉起卻輕巧如鴻毛。

「在你們離開之前，把這片玉糖吞下去，當你們需要神器的時候，在你們體內的玉糖自然會呼喚在阿修體內的神器為你們所效勞，但一定要記住：神器一出便會造成傷亡，非必要，不要使用。」歐陽老伯遞出一片薄如蟬翼的長方形薄糖，小緋與小墨先後放入嘴裡，一碰到口水，那片薄糖就立刻化成水，順著唾液流入喉嚨，接著帶出一陣苦味。

而阿修在歐陽老伯的指導下，則聚精會神的將三人的神器慢慢的壓縮在自己左手掌心裡。

「雙子再現為北城之災，善用神器即可防往後滅城之難。姊妹要同心，其利可斷金。」歐陽老伯摸了摸鬍子後便走入屋內，緊閉門窗，留下三人面面相覷。

隨後小墨回到了育幼院，用要去國外讀大學的藉口告別了從小養育自己的李婆婆。

「小墨，婆婆年紀大了，不會陪妳太久，妳自己在外頭要好好照顧自己唷！」隨著年紀增長，李婆婆的視力與聽力已經大不如前，但對於小墨身上的氣味卻依然靈敏。

「婆婆我知道了，我會努力認真不辜負您的。」小墨想起過去那段李婆婆陪伴自己的時光，鼻子就一陣酸楚。

「我不在乎妳的地位有多崇高，我只要妳記住：爲人要正直、善良，不是我們的不要爭奪；就算是我們的，也要評估一切狀況後再決定，千萬不要傷了別人，但更要記得保護自己。」

「婆婆我會謹記在心的，我答應妳會好好照顧自己，妳也要保重喔！」雖然離情依依，但嶄新的世界就在小墨面前，更何況這是一條可以出人頭地的路，等到她正式成爲神祇後，一定會回來向李婆婆報答養育之恩。

就這樣小墨拜別了李婆婆，帶著她的祝福與歐陽老伯給他們三人的希望，隨著小緋和阿修回到天界。

第十章：取捨

正當小緋三人還在外頭的同時，靛君獨自一人在大殿裡處理國務，此時櫻緩緩的來到他面前。

「靛，我有件事情想跟你說……」櫻放下手中雕刻著不規則圖紋的茶杯，鼓起勇氣喊了聲。

「什麼事呢？」靛放下手中的奏摺與鵝毛筆，快速的抬起頭看了櫻一眼，隨後拿起那杯茶快速的喝下。

「你……還記得小墨嗎？」櫻小心翼翼試探的問。

「小墨……神崎墨？那個與我們無緣的女兒？」

「嗯……她……」

「櫻，不是說好不再講這件事了嗎？我知道小緋最近讓妳很頭疼，但那是孩子的成長過程，她會變好的。」

「不是的……我不是因爲小緋的關係……而是……」櫻欲言又止，她不知道該如何開口對自己的丈夫坦承這一切。

「怎麼了？」察覺到櫻不對勁的靛君放下手上繁忙的國務，來到她身邊將其牽到一旁的椅子上坐下。

「你還記得多年前我曾經跟你提過一次小墨的事情嗎？」

「嗯！妳說妳並沒有把小墨投入死亡地窖裡，而是把她送到人間，而且……雷神也私底下來找過我，他說妳去拜託他尋找小墨的下落，我們還為此大吵了一架。」

「對啊……那時候你都要氣炸了……吩咐雷神一定要把雷劈在跟小緋長得一樣的墨髮女孩身上……當時我就覺得你好狠心……」

「把雙子留下本來就不是一件對的事情，這麼多年來雷神始終沒有找到小墨，也許她已經被人間的豺狼虎豹啃食掉、又或許早已不在人世……」

「不！她在！她還在……」

「妳怎麼這麼肯定？」靛看著櫻支支吾吾的樣子，突然覺得事情好像比自己想像中的還複雜，但是櫻依然說不出個所以然來。

「難道……妳找到小墨了？」夫妻這麼多年默契不是培養假的，櫻一個眼神一個動作，就能讓靛意會到她的心意。

「嗯……是找到了……而且也見過面了……」櫻不安的搓著雙手，時不時的抬頭看著靛。

「妳該不會接下來就要跟我說妳把她接回來住了吧？」靛知道依照櫻思念孩子的心情，找到女兒後相認再把她接回來並不是不可能。

「這……這要我如何跟你開口呢……」櫻不知所措的看著靛，後者則是一臉驚恐的望著她。

「妳要是真的把孩子帶回來，北城會有麻煩的呀！加上小緋快要二十歲了，繼承神祇的日子就要來臨，小墨得知後會做何感想呢？真是太亂來了！」

「靛君，請你體諒一下我這個做母親的心情好嗎？」

「那請妳也別忘了妳是北城的國母，北城上上下下好幾千萬神族子民的性命都在妳的手上，一個錯誤的決定就有可能毀掉這好不容易才維持好幾千年和平的盛世啊！」

「秉告神祇殿下，門外式神求見。」正當櫻與靛兩人爭論不下的時候，侍女進來打斷了他們的談話。

「快請他進來。」原來來訪的是秋山——當代的式神，同時也是阿修的父親、靛從小到大的玩伴。

「靛君，好些時日不見了！」式神穿著一套黑白相間的禮服，頭戴著長方形的帽子，兩邊還垂下流蘇隨著他的步伐一前一後的擺動著。

「秋山，最近可好嗎？」靛示意櫻先暫停爭論此事並讓她先回房，接著自己熱情的接待式神。

「我就開門見山的說吧！北方之星的光芒昨晚忽明忽滅，剛才觀星的時候更是讓我親眼見到它的墜落。自古以來只要北方之星墜落，北城必有災難，我用卜卦算了下，發現北城出現雙子的徵兆，爲了尋求事情的真相，我特地前來告知。」

「這……唉……事到如今，我也不瞞你了。櫻剛才告訴我，她與小墨見過面，可能……還將她接回天上了……」

「什麼？靛君，『雙子重回故土，滅城時刻即來』，你不能讓墨公主留在北城。」

「這我也明白，但是母女心相連，我實在不忍心將她們分開。」

「爲了我族，你必須要實現雙子不留二的誓言啊！」

「我知道……就再給她們一個禮拜的團聚時間吧！等我把皇苗一族的事情解決後，我就把小墨送回人間。前些天我收到皇苗萌玥的戰帖，她三天後就會攻打這裡，我要先處理她的事情。」

「皇苗？萌玥？她是南城的新上任神祇嗎？」

「是啊！南北兩城向來互不相讓，但彼此間還是保有一定尊重彼此的關係。上個月我去參加他們的神祇交接儀式，這次是個女孩子，眉清目秀長的還算標緻，她留著不過肩的鵝黃色頭髮，身型纖細、瞇瞇眼，臉頰上有少許雀斑，但不影響她自身散發出來的神族氣息，看起來十分幹練。」

「我對於皇苗一族也有所耳聞，他們的皇后在生下萌玥公主後就因失血過多而去世，此後南城神祇就將公主當成王子養，以教育男孩的方式教育她，所以她十分驍勇善戰、全身上下都充滿著好鬥的精神。」

「也因爲她的好鬥，所以她在繼承儀式上對我下了戰帖。當初我以爲她只是說說而已，想說我不跟小女孩一般見識，誰知道前幾天我收到戰帖，才知道她是玩真的！」

「難道她的父親沒有阻止她？」

「南城有規定已經退位的神祇不得過問新上任神祇的任何決定，所以她決定的事情目前沒有任何人可以改變。」

「那……爲什麼她要對你下戰帖呢？難道是爲了擴充領土？」

「通常會這麼做的原因也只有擴充領土，但是我想她覬覦的是緊鄰北城的山礦、海洋、森林，那些都蘊含著大量的資源，併吞北城等於自己能在天界稱王，畢竟天界也只用天瀑分爲南北兩城。」

「什麼時候要出戰呢？」

「後天。」

「這麼快？嗯……靛君，我有個提議，但我不確定夫人是否會同意。」

「你說說看。」

「緋墨二位公主自小教養有所不同，但天資一定都十分聰穎，要不你就特訓墨公主，讓她跟你一起上戰場，如果她不小心戰死了，對北城的危機也會跟著解除。」

「這……這的確是個辦法，但畢竟小墨也是我的女兒……我無法親眼看見她倒在我的面前啊！」

「那就讓她帶頭出征吧！北城多的是驍勇善戰的武士，交代他們一定要保護公主，冥冥之中一切都會有定數的！」

「這……好吧……來人，將緋墨兩位公主還有夫人都請來大殿。」縱使靛君心裡萬般不捨，但爲了北城、爲了族人、爲了妻子和女兒，他必須讓小墨冒這個險，也許就如同式神說的，冥冥之中一切自有定數，該來的擋不了、會走的留不下。

侍女很快就將神祇夫人還有兩位公主請到了大殿，一路上三人都十分緊張，小墨第一次覲見父親，一顆心臟撲通撲通的好似要跳出來一樣，而小緋則是沒有太多的緊張感，但是櫻的心情卻七上八下的，她很害怕自己會再度失去小墨。

「式神說，北方之星已經殞落了，北城將會有一場災難，而南城的皇苗一族對我們下了戰帖，三天後出戰，我知道雙子回城的事情神族子民們或多或少都已經知道了，所以我打算讓小墨代替我出征……」

「你瘋了嗎？讓女兒代替你出征？小墨在人間長大，從小沒有習過武，更別說她沒有天界的神力相助，你這樣不等於讓她去送死嗎？」未等靛君說完，櫻立刻打斷他的話並大力反對靛君提出來的建議。

「如果小墨就此戰死在沙場上也是她命不該留於北城。」靛君對櫻脫序的行爲感到震怒，於是提高了自己渾厚的音量，在偌大的大殿裡形成回音，此舉著實讓櫻嚇了一跳。

他知道櫻愛女心切，但如此不以大局爲重的樣子很難讓靛相信她就是輔佐自己好長一段時間的妻子。

她知道靛是故意要讓女兒出戰，如果小墨戰死就不需要爲了詛咒煩惱，但如此冷血的舉動還是讓她無法理解，畢竟他是孩子的親生父親呀！

「我會交代戰士務必要以她的安全爲優先考量，她出戰之前我也會好好的培訓她成爲一名優秀的戰士，也會幫她復甦在其體內的神力。我已經決定了，神崎墨，明天寅時在後花園等我。」靛說完便與式神離開大殿，留下滿臉錯愕的櫻還有看起來很興奮的緋墨兩姊妹。

隔天天未亮，小墨、小緋與阿修就來到後花園等著父親的來到。微風捎來陣陣寒意，兩人不禁打了個哆嗦，昨天夜晚兩人很興奮的談了一整夜，她們也連絡阿修一同前往，原本以爲要到很久以後才有機會使用的神器終於可以在這場戰役中派上用場。

「我印象中只有請小墨來花園而已吧！怎麼小緋跟阿修也來了呢？」神靛果然準時出現在後花園，但看到眼前出現三個孩子還是讓他忍不住皺了眉頭。

「父親大人，我跟阿修想要看小墨練習，順便也練練好久沒用的劍術。」小緋隨便找了個藉口敷衍過去，如果讓靛君知道自己想要跟小墨出征，他一定不同意。

「看沒有關係，不要打擾到她，她可是要帶領北城將領出戰的將軍。」靛君雖然不悅，但畢竟小緋是自己從小疼到大的女兒，對於她的要求只要不算過分基本上都還是會答應。

「是！遵命！」接著小緋與阿修退到一旁全神貫注的看靛君如何替小墨引出神力。

「小墨，等一下替妳開神力的過程會有點痛，妳絕對要忍下來，在金色光芒全部退去之前如果喊出聲音，元氣會從嘴裡跑出來，輕則吐血、重則喪命，一定要記住。」

「好，我準備好了，請開始吧！」

接著只見靛君和小墨站在靛君畫好的五芒星內，小墨背對著靛君，後者將雙手騰空放在小墨頭上，口中喃喃有詞好似在唸咒語一般，接著一長串怪異的金色符號從靛君的右手掌心中射出，連綿不絕的往小墨身上開始繞去。

先是從頭頂繞了一圈之後，慢慢的往下直達肩膀、胸部、腰間、臀部、腿部，最後小墨整個人就被包含在金色的光輝裡，而最剛開始的符文記號繞完小墨全身後回到靛君的左手掌心，小墨整個人彷彿在一個金色的蟬殼裡。

接著那道光芒越來越耀眼，也開始往內縮，小墨感受到自己的心臟劇烈的跳動著，腦袋好像有千萬隻螞蟻在啃咬一般疼痛，接著自己的胸口就像溺水到要窒息般的悶痛，但她咬緊牙關，承受這一切的痛。

「這是比女人分娩還要痛的苦楚，小墨如果能夠忍下來，神力就能被開發了！」靛君自己也曾被父親開發過神力，所以他懂得那種痛苦，雖然他一方面希望小墨忍下來，正式成爲神族的一員，但一方面又偷偷的希望小墨喊出聲，至少這樣她會因爲身體虛弱而不用上戰場了。

「小墨，加油啊！」一旁的小緋和阿修不免替小墨捏了把冷汗。

漸漸的，原本只有魚肚白的天空也因爲太陽的上升而變亮，在小墨身上的那些金光也開始慢慢嵌入她的體內，她始終咬著牙不發出任何一點聲響，一滴滴的冷汗滑過小墨潔白的臉頰，因用力過度的忍耐竟讓嘴唇變得蒼白無色，原本白皙的皮膚也因爲承受劇痛而更變得如同死者一般的慘白。

就在最後一道金光與腳下的五芒陣完全消失之後，原本站直的小墨單膝跪下，大口大口的喘著氣，單閉著左眼，汗水不停的低落在地上，額頭上的瀏海也因爲汗水而黏在皮膚上。

「太驚人的忍受力了……」靛君看到小墨沒有昏過去的樣子顯得十分驚訝。

「這樣……就算完成了嗎……」依然喘著氣的小墨，看著靛君問。

「是的，這樣神力就開發完成了，接下來會有專門指導武術的族人教導妳，要專心學習喔！」

「我不會……讓……父親……失望的。」

「好，先去休息吧！妳放出大量的人族氣息，只留下神族的元氣，現在應該感到很疲倦，去躺一下吧！」靛君聽到小墨喊著自己「父親」，但仍必須壓抑心中的喜悅，轉誰離開花園。

「太驚人了，小墨體內的能量竟然如此強大……想當初我開發完神力後立刻昏過去，睡了三天三夜才恢復力氣，沒想到小墨竟然挺得住如此劇烈的疼痛……真不愧是我的女兒……」神祇邊走邊喃喃自語道，他沒想到小墨體內蘊藏的神之力竟然超過小緋，甚至完全凌駕於他之上，如果好好鍛鍊與培養，這孩子將來一定是個不可多得的人才。

三天的時間很快就過去了，與皇苗一族的征戰也到了，櫻知道再怎麼跟靛爭論都沒有用，國君下達的指令如泰山一般重，豈能隨便更改。

小墨穿著特製的鎧甲，腰部配戴寶劍，威風凜凜、氣勢磅礡，如同競技賽當時小緋所扮演的雅典娜女神一樣，擁有「登高一呼便可攻城掠地」的霸氣。

「小墨，一定要平安回來！」櫻站在高台上往下看，小墨騎著白馬統領著眾多軍隊前往天瀑，準備與皇苗一族開戰，櫻雙手合十、口中唸著祝禱文，祈求愛女平安回來。

「小墨！」正當隊伍走到皇殿看不到的地方時，小緋與阿修從後頭騎著馬來到小墨的身邊。

「你們好慢喔！我以爲你們臨時怯場、不來了咧！」小墨笑笑的調侃著。

「我是妳的好姊妹，怎麼可能不來呢？」小緋戴著面具以防被其他人發現，而阿修則是笑笑的跟在小緋身後。

「等一下上戰場不像我們平時練習那樣，勝者生、敗者亡，一定要替父親守住江山。」小墨眼裡閃過一絲好鬥的兇狠，但很快就消失了。

身爲小墨的孿生姊妹，小緋自然注意到她的表現，但戰爭開打在即，她也沒有多加理會。

一行人浩浩蕩蕩來到天瀑旁邊，小墨招手讓進行中的隊伍停下來。

「北城軍人聽令，沒有我的指示全部都要留在這裡，若有違規者，殺無赦。」小墨站在一塊大石頭上高呼著。

「公主殿下，我們必須要確保您的安全啊！更何況南城都要攻過來了。」神祇夫人和殿下一再交代務必確保公主的安全，這些士兵怎麼可能就在此打住呢？

「你們在北城也有妻子兒女吧！還想活著回去見到他們就聽我的指示，留在這裡！」小墨對軍隊下達指令，礙於對方是北城公主，軍人們又想起家裡等待的那些期盼，開始動搖心志了。

「不行，身爲戰士就要有爲國家犧牲的精神，公主殿下，我們不會就此打住的！」一個看上去比較年長的士兵說道。

「你們兩個，先去幫我看看南城的士兵到哪裡了。」假裝指使士兵的小墨其實是讓小緋與阿修先離開這裡，對付南城的士兵，就算犧牲自己，也不能讓北城士兵的家人落了期待。

小緋與阿修互看一眼後駕著馬離開天瀑，小墨因拗不過士兵們的堅持，便提議要先在此地休息，並在士兵們喝的水裡摻上些安眠藥，隨後也跟上小緋與阿修。

「妳這樣真的好嗎？確定我們三個人打得過？」小緋不安的看著小墨。

「安啦！有神器相助，還怕嗎？而且這場戰役本來就是對方先挑釁，我國的軍人本來就沒有理由犧牲自己，北城自古以來都是智取不是蠻奪，妳這麼愛看書一定也知道。」小墨自信的駕著馬往前，小緋被說得無語回應，便與阿修靜靜的跟在小墨身後。

接著三人來到南北城的交界處，那是一個很大、很翠綠、很寬廣的草原，中間有一條寬約三十米的河流，是從天瀑流下來的水，由這條河界定南為南城、北為北城。

皇苗萌玥已經在南城的平原上等候多時了，看到對方才來三個人不免感到驚訝，但隨即又想到也許有埋伏，便變得更加謹慎。

「唷！我還以為要跟我打的是神崎靛呢！沒想到帶頭的竟是個小女孩。」頭戴鋼盔、露出短短鵝黃色頭髮的南城神祇——皇苗萌玥一見到小墨就不客氣的嗆了她幾句。

「唷！我還以為帶頭的是個男子呢！沒想到是個女孩，話說……女扮男裝不是壞事，但嚇到人就不好了，妳還是換上女子專用的鎧甲吧！」小墨也不客氣的嗆回去。

「妳！好，等一下就不要被我打得哇哇叫！」萌玥氣憤的高舉雙劍，踢了一下馬肚後快速朝著小墨奔來。

「小緋、阿修，我們上！」小墨也不甘示弱的往前衝。

「小墨，不要傷害士兵！」在她身後的小緋喊著，而小墨只是招了招手後，更快速的往前飛奔。

以寡敵眾的確不是個明智之舉，但隨即發生在萌玥眼前的事情，將讓她永遠難以忘記。

第十一章：兩城之戰

「皇苗，妳現在撤退還來得及，不要讓士兵們在戰場上承受無謂的傷害。」小墨騎著馬來到兩國的界河旁，坐馬背上大喊著。

「哼！隨吾出征就要有必死的決心，戰士是不容許臨陣脫逃的，我也不會下達撤退的指令，北城就等著被我收服吧！」皇苗萌玥也拉起韁繩，停在離界河不遠處的地方，不甘心的吼了回去。

「家父待南城不薄，向來以禮相待，爲什麼要破壞兩國之間的平衡呢？」隨著小墨來到界河的小緋皺了皺眉後說。

「北城緊鄰的資源如此豐厚，若收服必定能強大我皇苗一族，並讓吾成爲一統天界的唯一神祇，神崎一族也只能甘拜在我之下。」皇苗萌玥臉上出現得意的樣子，細細的兩道眉毛稍稍往上翹，野心之大讓小墨與小緋不得不佩服。

「唉……那我們也只能奉陪到底了！」小緋嘆了口氣後與小墨對看了一眼，接著坐在馬背上，雙手不停在胸前比畫不規則圖形，仔細一看她們雙手經過之處都出現淡淡的光芒，接著天空起了變化。

以阿修爲中心點開始聚集起黑雲，厚重如黑鐵、又像擦完汗水的抹布，濕到可以輕易的擰出水來，接著雲朵開始出現漩渦狀，伴隨陣陣紫雷佈滿整個天空，延連到遠處的地平線。

空氣好像也開始變得稀薄，緊緊的壓迫感隨著小緋和小墨口中念念有詞而來到南城士兵與萌玥的身上，就像掉入水中無法呼吸般的窒息感不停湧入心頭。

「神之契、神之器，速速落與約者起。」

阿修大喊了句類似咒語的話，接著將手筆直的往上伸，掌心對著雲漩渦的中心處。

隨後轟隆的一道金黃色的雷打在阿修的掌心上，隨即在他的掌心處畫下一道類似刀疤的傷痕，而那道傷痕就像眼睛要睜開眼一樣，開始往兩側撕裂，隨後一把鏡子和一顆墨玉緩緩的從掌心中飄浮出來。

「神之器、八咫鏡，立約者、神崎緋，速速降於斯。」

就在阿修唸完的同時，八咫鏡開始無限延伸放大，隨後飛往小緋所在之處。

小緋快速的從馬背上往上跳，落地時正巧踩在飛翔的鏡子上，隨後她便漂浮在空中，臉上掛著細細的笑容，修長的睫毛規律的眨著，淺淺的酒窩看上去容易使人醉心。

「神之器、瓊勾玉，立約者、神崎墨，速速降於斯。」

阿修看到小緋已經拿到神器後，接著也喚出小墨的武器。

那顆如辣椒般的玉如同小緋的鏡子一樣開始變大，但不同的是，在變大的同時，它一邊飛往小墨所在之處、一邊龜裂自己的外表，直到表面完全碎裂後，重生變成一把扇子。

如同小緋的動作，小墨也從馬背上躍起，運用自學的武術與重心的改變，在空中畫出一道美麗的弧線，隨後穩穩的踩在扇子上，但臉上一點表情都沒有，修長的睫毛緊緊覆蓋在下眼瞼的地方，如同時間靜止般，她也不動了。

「神之器、天叢雲劍，立約者、秋山修，速速降於吾。」最後阿修終於喚出自己的武器，一把白色劍身與棕色劍把的劍緩緩從他的掌心中出現，等到完全脫離阿修的掌心後，也開始無限放大到跟他身高不成比例的樣子。

「那麼大把劍舉起來一定很費力、也會最好對付！」在眼前所發生的事情讓萌玥看呆了，直到她看到阿修的劍如此厚重，嘴角揚起了一點點笑容。

就在轉瞬之間，阿修已經將三人的神器呼喚到各自身邊，但三人都是第一次用，並不確定會耗損多少體能，又或者面對南城十萬大軍，自己能否有把握將其全數殲滅。

「只有三個人的軍隊不需要擔心，以皇苗之名奮戰！殺無赦——」萌玥高高舉起配劍，身後的士氣跟著高漲，隨後她將劍身從高空中直直九十度落於前方，接著就像安排好的一樣，最前方打頭陣的士兵們高舉盾牌與劍衝向前方。

「神之器、融於吾心、聽於吾令。」

三人就像說好一樣，唸出了歐陽老伯教自己的咒語。

隨後天空開始飄起毛毛細雨，小墨的身上出現深沉的黑光、小緋則是紅光、阿修則是藍光，那些光束如同雨水、或者像顏料啪的扔在畫布上一樣，開始射向南城的軍隊，速度快之讓肉眼幾乎無法辨識光束從哪裡來，又或者打在自己身上的是雨水還是刺骨的光芒。

「啊……」「啊……」「啊……」「啊……」「啊……」「啊……」

隨著此起彼落的呼喊聲，第一波衝鋒的南城大軍亂成一團，接著萌玥再次揮動手中的劍，指示第二波軍隊上前助陣。但是阿修三人絲毫不畏懼那些比自己多上好幾千萬倍的士兵，動作統一的在胸口前畫出一顆六芒星，站在神器上的三人將雙手往前推，那顆六芒星立刻分化成千千萬萬顆的星星打在士兵們的身上，而被打到的軍隊無一倖免，紛紛倒地。

萌玥皺了皺眉頭，再次舉起劍身，這次她帶著第三波軍隊往前衝，只留下後勤補給在後方待命。

正當她打算第一個攻擊阿修的時候，阿修從天叢雲劍上一躍而下，順手抓住了劍柄，接著在空中翻了個筋斗後穩穩的落地，隨即以迅雷不及掩耳的速度將天劍舉起，正好擋住了萌玥那重重揮落的劍。

這一擋的確讓萌玥感到吃驚，她萬萬沒想到看似厚重的大劍竟然能讓阿修隨意揮舞，接著阿修趁著她吃驚的同時，用力的將劍身往上一彈，如同有風一樣的將萌玥從馬背上彈了出去。

隨後小緋和小墨聯合用一道不亮的光芒朝倒地的萌玥射過來，落在她未被鎧甲覆蓋的左手手背上，萌玥親身感受到那些液體的灼熱，就像被火星噴到般的炙熱與疼痛。

她快速的用右手擦了擦那些液體，發現皮膚並未受傷，臉上出現驚訝的神情。

「難道她們並沒有要致我們於死地？太可笑了，在戰場上對敵人仁慈就是對自己殘忍，這種惻隱之心會讓她們失敗的！」正當萌玥微微一笑，準備重整旗鼓時，她發現南城的軍隊幾乎被全滅，只剩下後勤支援的士兵們抖著雙手拿著劍，不知道該前進還是撤退。

「那是心理戰！你們沒有受傷！拿起武器，不要臨陣退縮！」萌玥看到士兵們軍心大亂的樣子，自己也跟著著急起來。

「這是什麼詭異的能力啊……」萌玥稍稍退了一步，心裡大喊不妙，但已經來不及了……

小緋和小墨快速的分別從左右開始包抄，阿修從正前方準備直接強攻。

「啊……快逃啊！快逃啊！我們受到天神的懲罰了……」不知道是哪個士兵這麼一喊，其他的戰士們也跟著往南城的方向奔跑，整個場面呈現一團亂的失控。

界河的左邊是北城所在之地，只看到三個光點快速的朝南城方向前進。

界河的右邊是南城所處之地，從上空俯瞰也只能看到騎著馬往回奔的士兵們，還有因被馬踏而揚起的塵土覆蓋在其之上。

「不要跑啊！回來……回來啊——」畢竟是剛上任不久還沒穩定軍心的萌玥，沒有軍人願意犧牲自己去幫助萌玥，軍心渙散的樣子讓萌玥的信心也跟著被擊垮。

因爲現場亂成一團的樣子讓她鬆了防備，一不注意小緋與小墨已經駕著神器來到萌玥的兩側。

隨即小墨快速的在萌玥的身邊繞了一圈後，萌玥竟然跌落馬背，一動也不能動的躺在地上，睜眼看著小緋與小墨凌駕神器在自己之上。

南城的士兵看到領導者倒下更是害怕得死命往南城衝去，他們無法信服剛上任且是女兒身的萌玥，更不想因爲萌玥隨意的決定與不慎思考的結果讓自己賠上性命。

「萌玥，妳回去吧！我們無意傷害戰士們，他們都是有妻兒的，只是從此之後別再對北城提出挑釁，這次神器一出我們並不打算傷害任何人，包含妳。」小墨的臉上除了冷漠之外沒有其他表情。

「哼！我一定會回來復仇的，雖然我不知道妳們到底施了什麼幻術讓我的軍隊在轉眼瞬間就崩盤，而且我也不會對你們三個投降的！認輸不是我的風格。」萌玥咬著牙說。

「那只好等妳身上的穴位自動解開之後，再騎著馬狼狽的回到南城，這次我們算了，下次可沒這麼好運。」小緋憤恨不平的看著眼前倔強的神祇。

「哼！這次我是一時大意失策，沒想到妳們施展妖術……」

「妳剛上任還沒有與軍隊建立起感情就帶兵出征，這樣是無法服眾的，身爲南城的神祇，更應該替子民們著想，不是嗎？」小墨依然沒有表情的望著萌玥，後者只是咬牙切齒的瞪著她。

「我們無意傷人，妳也別再挑釁了。」小緋嘆了聲說。

「小墨、小緋，我們回去吧！士兵們的藥效應該也退了。」阿修踩在神劍上，就像衝浪一樣穩穩的往北城方向飛去。

「後會有期。噢！希望我們是和平的見面。」小墨瞥了一眼躺在地上的萌玥，與小緋踩著神器飛回北城。

隨後小墨找了藉口對士兵們說南城自動休兵，不打仗了，這個消息比打贏了戰爭更令人興奮。

「南城的神祇挺弱的啊……」走在回城的路上，小墨對著阿修還有小緋說道。

「這就是父親不願意併吞南城的原因，他知道南城的神祇不堪一擊，但神祇需要以仁爲本才能齊家治國平天下，父親希望就算要奪取南城，也該是智取，不是蠻奪。」小緋解釋道。

「剛剛被神器所發射出去的光芒噴濺到的士兵雖然沒有生命上的危險，但不死也半殘了。」阿修一邊聽著兩位女孩的交談，一邊小聲的嘀咕著。

「阿修，你在講什麼？」注意到阿修一反常態樣子的小緋，騎著馬上前關心。

「妳們還記得歐陽老伯說過，神器一出必有傷亡，這次我們沒有殺死任何人，但卻召喚了神器，那些光芒都有後續的作用力，雖然表面沒有太大的改變，可是皮膚下的細胞會開始萎縮潰爛，嚴格上來說……我們還是傷害了那些士兵……」阿修揚起右邊的嘴角，尷尬的笑了笑。

「沒有辦法補救嗎？」小緋擔心的問。

「這是我們第一次使用神器，也幸好是第一次使用，力道還拿捏不太準，所以發射出去的光芒威力算是弱的，畢竟我相信妳們也跟我一樣，並沒有感覺到自己使用了太多的內力和精神吧？」阿修回應著。

「嗯……光是踩在神器上，就需要聚精會神不讓自己掉下去，更別說發出那些光只是神器暖身的一部分。」小墨想起剛才站在扇子上，自己需要穩定心靈才能平衡的感覺，突然覺得神器的力量深不可測。

「如果神器完全發揮效用，應該足以毀掉一座城……」阿修擔心的看著自己的掌心。

「所以歐陽才要把三種神器都封在你體內呀！反正已經打贏了，北城沒有任何人員的傷亡，南城大概短時間內也不會再對我們有所挑釁，光是要培訓新兵就夠萌玥頭痛了！」小緋虛弱的笑著說，不過大概是從來沒有用過這麼大的力氣與精力，她的臉色顯得蒼白許多。

「嗯……」阿修若有所思的回應小緋，但他心裡很明確的知道，歐陽之所以把神器封印在他的掌心內是別有用心的。

望著小緋與小墨的背影，阿修真心的期望他心裡油然而生的那股不安感能夠快速的退去。

※

北城不戰而勝的消息很快就傳遍了整個北方，凱旋歸來的小緋雖然免不了被父母一陣責罵，但沒有傷亡的戰爭讓北城舉國歡騰，大家也因爲北城的第二位公主回歸而感到開心愉悅，雖然靛君心裡仍然對於計畫的失敗感到一陣可惜，但更多的是寬心與放心。

畢竟沒有任何一對父母可以接受孩子戰死在戰場的消息。

隨著他上任的最後一次生日即將到來，安祥和樂的北城決定徹夜狂歡慶祝，小墨與小緋也攜手共同策劃著父親的慶典。
「父親喜歡莓類，舉凡藍莓、草莓、黑莓、紅莓他都很喜歡，最好還可以加上一些堅果類。」換下戰袍的小緋穿回原本的女裝，柔順的紅髮依舊乖巧的披覆在雙肩上，但可能是第一次運用神器，精神上稍顯疲倦。
「可是生日只有蛋糕會不會太遜了？他是一國之君耶！」同樣也換下鎧甲的小墨，穿上連身拖地的服飾，但與小緋不同的是，小墨的臉上沒有一絲倦容，就像運用神器對她而言並不吃力一樣。
「以往父親生日都是交給食堂裡的御廚去處理，所以我可能要跟他們討論一下，看看今年要不要特別一點，變化一些菜色。」
「那宮殿的裝飾呢？」
「父親不喜歡太過華麗的裝飾，所以只會在大殿掛些基本的彩球跟彩帶，不過神族子民們會徹夜狂歡三天，這也是父親賜予他們的假期。」
「嗯……那餐點的部分給妳負責囉！我負責宮殿的佈置！」
「沒問題！欸！小墨，妳怎麼看起來一點也不累啊？」小緋點點頭後隨即向小墨提出疑問。
「爲什麼會累？以前在人間的學校，幾乎天天都要跑五千公尺，還要做重量訓練呢！」小墨揚起墨綠色的眼，微微笑著說。

「為什麼要跑五千公尺還要做重量訓練？」小緋一聽更是不解。

「不知道，可能老師心情不好吧！」揚了揚手，小墨抱起那一疊從書庫裡找來的裝飾書籍，快步走向大殿。

「真是奇怪的人間。」小緋嘛了嘛嘴，把桌上那些關於蛋糕的製作書籍也整理了下，隨後步出房間，朝著食堂走去。

這些天大家都忙進忙出，連靛君也和櫻忙著試穿當天的禮服，完全沒有注意到覆蓋在大殿的紅毯底下已經出現了一個洞，正在慢慢的、無限的擴大、變黑。

直到靛君生日當天，宮殿裡所有的侍女與隨從都開心的換上自己最美麗的衣裳，主僕之分盡情的跳著舞、唱著歌，現場氣氛一片和樂融融。靛和櫻看到這樣的景象也顯得很開心，一年一次的生日靛希望可以讓每個人都開心愉悅，但就在大家載歌載舞的同時，隱藏在紅毯之下的黑洞突然晃動了起來，感受到不尋常氣息的眾人快速的往兩旁靠攏，有的侍女還邊跑邊尖叫結果被小墨白眼。

「呀！我才在想說怎麼這個出口連結的終點這麼快樂，原來是靛君您的生日呀！」人未到、聲先到，從黑洞中傳出一個男子的聲音，音調不是很低，但也不尖，用著有點催眠的聲調緩緩說道。

「奈文？」靛君聽完那個聲音後，兩撇只剩下半截的眉毛擰到了眉心，那是他熟悉不過的音調，自己的父親曾經帶著自己去討伐越界而上的魔族，而那聲音來源，就是與自己有一面之緣的魔族的將軍——闇夜奈文。

「真難得你還記得我，還以爲你見過我之後就忘了呢！」接著看到一顆光頭從黑洞中慢慢升起，毛髮未生的頭頂上紋著錯綜複雜的紋路。

等到整個人都出現在黑洞之上時，可以清晰的看見奈文的耳朵掛著兩個大大的金色耳環，膚色呈現焦黑色，過於修長、捲曲的指甲看了令人作嘔，還有點可怕，雖然全身用一件披風蓋著身體，但他散發出的那股腐臭味，讓在場的侍女與隨從紛紛摀著鼻子，還有人因爲受不了而吐了起來。

「你怎麼能夠來到這裡？這是只有神族才能入境的天界啊！」靛君心裡暗自感到不妙。

「前些日子被你們打敗的皇苗一族也是神族啊！哦呵呵呵……」用著令人不悅的嗓音像個巫婆一樣的笑著，奈文鮮紅的舌頭像蛇一樣伸出嘴外，脖子歪曲向一邊，用極度不自然的姿勢嘲笑著靛君。

「你們跟皇苗一族打交道？」靛君從椅子上快速的站起來，神族之間若相互背叛勾結魔族，那下場是很可怕的。

「不管我們有沒有打交道……唉呀呀——真糟糕呢！我看到兩個一模一樣的臉孔唷！」就像蛇在爬行一樣，奈文原本藏在披風裡的手突然伸出來，接著整個人伏趴在地上，就像蜥蜴爬行一樣快速來到小緋與小墨的身邊。

「你離我的女兒們遠一點！」正當奈文要靠近兩位公主的時候，靛君以極快的速度擋在兩個女兒面前。

「雙生之子留於北城，看樣子你們又重蹈覆轍了啊！」嘴角勾起了一抹不懷好意的微笑，奈文再次噁心的舔了舔自己的嘴唇。

「不管我們作了什麼決定，都不需要你來過問。」擋在小緋與小墨面前的靛君生氣、警戒的看著奈文。

「我們好幾年前的帳還沒算完呢！你想要讓你的女兒們來替你償還嗎？」

「這是我們兩個之間的恩怨，與她們無關！你少打她們的主意。」

「不過皇苗一族可不這麼想呢！皇苗萌玥吃了那記敗仗之後憤恨不平，我們已經連手了唷！」

「那又如何？」

「那說明了孩子們有孩子們解決事情的方式呀！但我們之間也有大人該了卻的方式。」

「奈文，過去那段時間的確是神族子民誤會了你，但……」

「夠了！我不想聽你們一貫的藉口，神族會爲自己的錯誤付出代價，而雙子之咒……嘿嘿嘿！是你們永生都無法解決的夢魘。」

奈文說完便憑空消失了，留下一臉難看的靛與櫻，還有充滿疑惑的小緋與小墨。

第十二章：轉折

在被奈文打擾的情況之下，靛君草草結束了當天的慶典，與櫻兩人回到書房煩惱著剛才奈文所說的話。

但其實他們最擔心的並不是奈文與神族勾搭，而是即將來臨的雙子之咒。

「這可怎麼辦呢？小緋與小墨一定要選一個離開，不然魔族打過來之前，北城會先被滅掉的！」靛用右手撐著自己的下巴，鬱鬱寡歡的嘆著氣。

「嗯……」知道事情嚴重性的櫻也很謹慎的思考這件事情，雖然她不願意失去任何一個孩子。

「我們當初決定小緋成爲繼承者，這件事情全國上上下下可能只有孩子們不知道，所以我們應該要送走小墨。」靛無力的分析著。

「但是小墨在外頭流浪這麼久，我們不是應該要好好補償她嗎？」櫻持著反對意見。

「可是如果把小緋從繼承者之位換下來並趕離天界，從來沒有在其它地方生活過的她要怎麼生存下去呢？」

「如果我們選擇放棄小墨，她一定會怪我們爲什麼再度拋棄她。」

「妳跟她說我們當初沒有留下她的原因了嗎？」

「還沒有，我只有說因爲一場意外所以我們丟失她了，這些年來一直努力的在尋找她。」

「嗯……妳當年只有將小墨放水流，並沒有消滅孩子的行爲雖然令我感到煩惱，但我還是由衷的感謝妳，也因爲有妳那時候的想法，所以我才能再見到孩子一面，但是……」

「現在講這些都太多餘了，我們還是快點想辦法破除這樣的詛咒吧！」

「這個詛咒長久以來都沒有被破除過，創世神對於強大的怨念也感到無力，如果我們真的想破除詛咒，必須先將她們分開，這樣才有足夠的時間去尋找方法。」

「但我們不管分開誰都不對呀！孩子已經大了，她們有自己的意識、想法、感受，她們無法接受我們用任何藉口分開她們呀！」

「我身爲父親，卻一點辦法也沒有……」

「我身爲母親，又何嘗捨得再度丟棄任何一個孩子呢……」

靛與櫻只能不停的思考用什麼藉口讓孩子們理解北城所處的困境。

而在大殿裡的小緋與小墨雖然親眼目睹了一切，卻對這一切事物感到茫然。

「小緋，妳覺得父親跟母親是不是隱瞞著我們什麼？」小墨雙手交叉放在胸前，隨口問了聲在一旁的孿生姊姊。

「嗯？喔……嗯……」就像有心事一樣，小緋對於小墨提的問題並沒有很專心的在聽，她的心裡有另一件更重要的事情隨著她們的生日即將來臨，讓她不知道該如何跟小墨開口。

「妳怎麼了啊？怎麼感覺有心事的樣子？」

「哦！沒有啦！只是在想些事情……」

「什麼事啊？也許我幫得上忙？」

「啊……不用了啦！只是一點小事，沒關係的。噢！妳剛才問我什麼呢？」

「我說……爸媽是不是有什麼事情瞞著我們呢？」

「嗯……應該是吧！打從我有記憶以來，北城從來沒有發生過魔族入侵的事情，如果剛剛那個魔族真的和萌玥連手，這樣北城……不，是天界，就有危險了！」

「為什麼這麼說？」

「妳從小在人間長大，所以不能理解這些是正常的。創造世界的『八卦』將世界分成三分：天界、人間、魔域，並派遣創世神、人皇、魔帝代為管理，創世神又把天界分為南北兩部分，交由神祇管理。如果這三個空間失去平衡，那世界就會大亂，到時候不只天界出事，連人間都會陷入火海之中，魔域就會藉此拓展版圖，覆蓋天界人間，到時候所有人都會變成魔族，變得嗜血，世界將陷入萬劫不復當中。」

「那……沒有辦法可以解決嗎？我不想變成跟剛剛那個很噁心的人一樣……」

「唯一可以解決的辦法就是三個空間的勢力必須要對等，而且彼此之間相互牽制，管理三界的統治者們當初達成協議說好要各自拓展，但是自從北城出現雙子之咒後，天界的勢力就大幅銳減，加上這次萌玥與魔族聯手，恐怕勢力要一面倒了……」

「等等，妳剛剛說……雙子之咒？」

「嗯！那是只要有雙生子，北城就會滅亡的詛咒，就是母親大人先前告訴我們的雙子滅城的故事。」

「雙子之咒……那……我們兩個……不就是雙子嗎？」

「嗯……雖然父親大人跟母親大人不說，但我知道他們一定很掙扎，沒有任何父母會想要犧牲自己的孩子來換取天下太平，但偏偏他們又是天界的神祇……」

「所以他們可能會在我們當中選擇一個殺害嗎？」

「應該是不至於殺害啦……但……可能會被逐出天界……」

「不！小緋，我好不容易回到天界、回到我自己的家，然後找到了父親與母親，還有一個跟我這麼好、這麼有默契的雙胞胎姊姊，我絕對不允許我們任何一個人消失在彼此的生命中。」

「但是詛咒千百年來都沒有被破解，我怕……」

「我們不是有神器嗎？歐陽說過，『雙子再現爲北城之災，善用神器即可防往後滅城之難。姊妹要同心，其利可斷金。』我相信只要我們同心協力，一定可以找出方法解決的。」

「可是……」

「北城長久以來會被滅城是因爲手足之間相殘，我相信我們感情這麼好，一定不會重蹈覆轍的！」

看著小墨堅定的眼神，小緋的心也開始動搖了，雖然她知道父母一定會選擇自己而放棄小墨。但如同小墨說的，長久以來兩人的默契還有姊妹之情是沒有人能切斷的，她也不願意失去小墨這個好妹妹。

「那我們分頭進行吧！我去書庫查詢過往的文獻，看能不能從中找到些什麼，妳去問問看神族較年長的長者，也許他們會從上一輩那裏聽來些什麼消息。」小緋勉強擠出了一絲笑容，現在在她的心裡，神祇之位與姊妹之情已經同樣重要了，或者姊妹之情又更勝一層。

「好，我們晚餐見。」小墨對著雙胞胎姊姊揚了揚手後，提起拖到地上的衣袍，快速的離開宮殿。

但就當她來到城門四周，準備從外圍較古老的神族子民們開始詢問的時候，從上方滴落一滴黑色濃稠的液體，就像瀝青一樣發出燃燒過後難聞的塑膠味。

濃稠的液體一滴一滴的落在小墨的面前，隨後小墨看到那一大片濃稠的液體上出現了不規則的蛇行圖案，接著就像有生命力一樣，那灘液體開始往上塑型，漸漸的變成一個身穿黑袍、並用斗篷蓋住自己的人形。

「你……你是誰？」小墨警戒的問，但臉上並沒有表現出太多恐慌的樣子，她有的只有超齡的成熟。

「我們稍早才見過面……這麼快……就把我……忘了呀？」熟悉的嗓音讓小墨握緊拳頭，接著她看到斗篷兩側開始像有手頂住似的往上延伸，隨後兩隻如同蟑螂般噁心的觸角便伸出了斗篷之外，隨後頭部的地方也以不正常的姿勢扭轉著，依稀可以聽到骨骼斷掉所發出的清脆聲音。

「你……」小墨驚訝得說不出話來，因為當覆蓋住斗篷的布料一掉時，她看到稍早在大殿裡出現的魔族——闇夜奈文，而且樣子又更噁心了！

「妳知道爲什麼妳跟那個雙胞胎並不是在同一個地方長大的嗎？」就像風一樣，奈文以極快的速度飄忽在小墨身旁。

「媽媽……母親大人說她不小心把我弄丟了，而且也有一直在找我！」

「哈哈哈！天真的孩子呀！妳被騙了呀！」

「亂說！媽媽……母親大人才不會騙我呢！」

「唉唷唉唷！可憐的孩子，妳想不想要知道自己真正的身世呢？」

奈文噁心的觸手搭上小墨的肩，隨即被後者厭惡的拍掉。

「我的身世就是這樣，不需要由你來告訴我。」

「唉！我真替妳感到悲哀呀！原本屬於妳的東西就這樣被奪走也不會覺得怎麼樣，更不會覺得不甘心，這些年來妳在人間所受的屈辱好像一點也不値錢一樣的被她們抹煞掉了。而且妳一定也不知道，神祇之位的繼承者，是一出生就決定的吧？」

「我……這……」

「這樣吧！如果妳想要知道的話，我很樂意請妳吃頓晚餐，妳知道可以在哪裡找到我，我在最深層的黑暗裡……等妳……」奈文帶著令人毛骨悚然的微笑退到城牆下的陰影處，隨即隱沒在黑暗之中。

俗話說，好奇心能殺死貓，就算是再怎麼相信母親與姊姊的小墨，對於奈文提出的那些疑問還是感到很好奇，她想知道奈文爲什麼會說出那些話，而如果媽媽當初並非不小心將自己弄丟的話，那還有什麼隱情是她不知道的呢？

小墨心一横，咬緊牙關來到緊鄰北城的森林裡，小緋曾經在帶著自己遊歷北城的時候說過，北城的森林深處有一處最陰暗的地方，那裏是古時候的刑場，充滿怨靈和怨氣，父親曾經想整頓，但卻被式神阻止。

據說只有將整座森林砍掉，使其重見陽光才能趕走陰暗，但森林的資源是北城世世代代所依賴的生活來源之一，貿然行動反過來只會害了族人罷了。

小墨來到森林外圍時，突然出現了一隻螢火蟲，接下來她就像被指引一樣不停的朝著森林深處走去，無懼一旁看起來駭人的枯樹，更不怕夜梟發出的詭異聲響，就像著了魔一樣的筆直前進。

直到一間小木屋前她才停下來，那看上去已經荒廢好些時日了，屋頂上的落葉有的已經開始變色腐敗，從外面看上去，窗戶也只是用簡單的木頭架住使其不讓風吹得嘎茲作響。

小墨深呼吸了一口氣，一步一步緩緩的踩在布滿青苔的台階上，接著她輕輕的推開了沒有上鎖、老舊的門。

「妳果然來了呢！而且速度還比我想像中的快，我以為妳會再拖個幾天。」令人作嘔的氣味從小墨的身後傳來，她快速的轉身果然看到與自己想像中毫無差別的男子，還有一個熟悉的臉龐。

「皇苗？妳果然與魔族掛勾了！」小墨憤恨不平的說。

「是又怎樣？如果我需要一統天界的助手，魔族是最佳選擇。」小墨一邊聽著萌玥說話一邊感覺到她給自己帶來的那種不尋常感受。

「我是想來釐清事實，不，也許你們說的並不是事實……」小墨欲言又止，此時是多說多錯啊……

「不管是不是事實，都先請進屋吧！裡面還有一位大來賓在等著我們呢！」越過小墨，萌玥跟奈文兩人先後進入了小木屋。

小墨跟在兩人身後，進到伸手不見五指的房裡，隨後壁上的火爐被點燃了，小墨環顧四周，並沒有看到奈文跟萌玥。

正當她感到奇怪的時候，一個黑色的人影快速閃過她的面前，接著一雙手搭在她的肩上讓她不自覺的叫了聲。

「噓……首次見面……不用行這麼大禮……也不要像個粉絲追逐明星一樣替我歡呼……」一陣粗啞的聲音從小墨身後傳來，那種感覺就像聲帶受傷後硬是要說話一樣的令人不舒服。

「你是誰……」僵直身子，小墨不敢回頭，因為她已經聞到一股比奈文身上更令人想吐的味道。

「我是魔族的最高統治者——魔帝，有陰暗的地方就有我，但通常世人會稱呼我為惡魔、撒旦或是邪靈。」話語剛落下，室內頓時燈火通明，小墨也看到奈文跟萌玥兩人站在離自己不遠處被吊著，而他們的腳下是一灘灘的血水。

「萌玥、奈文！你們怎麼了？嘖！你倒底把他們怎麼了？」小墨呼喊了聲後發現沒有反應，便著急的回頭詢問魔帝。

「別急別急！與吾簽訂協議是需要代價的……他們只不過是在償還自己所欠下的債而已，等一下就會結束的。」

回應小墨的並非像她印象中頭上長著犄角、有個尾巴呈現箭頭狀，還拿著三叉戟的惡魔，而是外表俊俏美麗、身材修長纖細、穿著人族的紫羅蘭色襯衫與老舊的破牛仔褲，一頭褐色的及肩頭髮如鋼絲般堅硬的男子。但更令小墨感到咋舌的，是他沒有瞳孔的眼窩，樣子十分嚇人。

「現在……輪到妳了……」魔帝緩緩的拉起一把椅子自顧自的坐下。「妳有求於我，對吧？天界的公主殿下。」

魔帝溫柔的聲音就像搖籃曲一樣在狹小的空間裡晃呀晃，接著他在空中優雅的一抓，隨即出現一個白色的瓷杯與杯盤緊握在他的手中。

「我……」

「我知道妳想要詢問多年前所發生的事情，但與我打交道總是需要付出一點代價，請問尊貴的天界公主……您……要拿什麼……來跟我換呢？」抿了抿嘴唇，魔帝的笑容令小墨感到十分不舒服。

「我不知道可以給你什麼，你想要什麼？錢嗎？還是地位？」

「嘖嘖嘖！我要錢幹嘛？要地位幹嘛？我是眾人所畏懼的魔帝，我想要的，還有拿不到的嗎？」

「那你到底想要什麼？」

「嘿嘿嘿！這個就先保留，等我想要的時候自然會去找妳拿！如果妳答應了，就在這裡簽個名。」魔帝一樣在空中一畫，拿出一張如同古時候聖旨般的牛皮捲軸，攤開在桌子上。

「這是？」

「這是妳同意跟我做交易，我實現妳一個心願，妳回應我一個要求。」

「如果是傷天害理的事情，我絕對不會答應你的！」

「放心吧！我是魔帝，太平凡的事情我可看不上，當然太難的事情妳也做不到呀！」魔帝臉上泛起笑容，依然是那麼的令人作嘔，但是小墨還是咬破了自己的手指，簽下了血書。

「很好！不愧是天界的公主，一點也不拖拖拉拉，我喜歡！」魔帝彈指瞬間，那張牛皮的約定書就憑空消失了。

「那你現在可以告訴我事實的真相了吧！」

「別急別急！來，看看惡之回憶鏡告訴妳什麼。」

魔帝說完便從袖口中拿出一顆豆子，接著將它黏在牆上，口中振振有詞，隨後小墨看到那顆豆子開始發芽並且往上長，繞過一個固定區塊最後結合在一起。

而被豆子包覆的區域開始出現閃閃的亮光，接著魔帝滴入了一滴紫色的藥水後，牆面竟然成了鏡面，隨後魔帝再滴入一滴藍色的液體，就像水滴在水池出現漣漪般，開始慢慢的擴散直到碰到由豆子所框覆的邊界。

隨即鏡面變得清澈，小墨在鏡子裡面看到一對男女，還有一對長相甜美的嬰兒。

「這是……」

「這對男女，是妳的父母，而這對嬰兒，妳是那個黑髮的，紅髮是誰我就不說囉！」魔帝輕挑的態度讓小墨皺了皺眉頭，但她還是繼續看下去。

鏡裡出現舉國歡騰的樣子，隨後她看到靛抱著自己走向死亡地窖，接著櫻搶過了靛懷中的孩子然後將其放水流，接著被李婆婆給收留的一切。

「不……這不是真的……我怎麼可能是被丟掉的那一個……」

「北城的繼承者即將在滿二十歲的時候繼承神祇之位，所有的人都知道妳是被丟掉的那個嬰兒，大家都明白妳會替北城帶來不幸，雖然表面很開心公主的回歸，但私底下有多少人渴望妳快點離開呢？」看著愣住的小緋，魔帝彷彿達到自己目的般的開心愉悅。

「北城的繼承者是神崎緋，那個跟妳有著一樣的臉龐，但是卻奪走妳該有的一切，包含妳從小渴望的父母。妳不想奪回來嗎？妳甘願被欺負嗎？曾經說好要把神祇之位讓給妳的她，早就知道自己是繼承者了吧？那她所說的一切，不就是在騙妳嗎？」魔帝在一旁煽動著。

「你這回憶鏡一定是騙人的！」小墨無法接受事實大喊著。

「是不是騙人的……妳去問問神崎靛還有神崎櫻就知道囉！」一飲而盡杯中物的魔帝看著即將要發狂的小墨，心裡的滋味真是甜吶！

「最後再提醒妳，別忘了我們的契約唷……」帶著一抹得意的笑，魔帝走出了房間，消失在小墨的視線之內。

而掛在奈文跟萌玥脖子上的繩子也在魔帝走出房間的同時斷掉了，兩人的雙腳一接觸到地面就像憋氣很久一樣大口大口的呼吸。

茫然的小墨看著這一切，心中突然沒了方向，她只想要快點回到宮殿，向父母詢問這一切的真實性。

第十三章：黑暗的邀請

「噓……噓……噓……」彷彿是要吸盡天界所有的空氣一般，奈文跟萌玥跪趴在地上好一陣子後，臉都還是青一陣紫一陣的，奈文就算了，他本來就是魔族、本來就很醜，但是萌玥那姣好的臉龐卻開始覆蓋上一個類似蛇，但蛇頭卻是用箭頭來代替的符號。

「這樣……就算是跟魔帝完成契約了……」瞇著一隻眼，令一隻眼睛還充斥著血絲，萌玥的汗像沒有關緊的水龍頭不停從頭皮冒出來然後滴在地上。

「神淪為魔的走狗，皇苗萌玥，妳還真有骨氣！」小墨厭惡的看了奈文和萌玥一眼，想要自顧自的走出木屋。

「妳沒有資格這樣說她！」奈文還在喘著氣，但卻想替萌玥出頭。

「萌玥跟魔帝定下契約，這樣有什麼好處？雖然他也許會替她奪下北城、占領天界，但最後還不是要稱他為王？」小墨不禁皺了眉頭，感慨的看著眼前原本面相美麗的南城神祇。

「如果妳嚐過被背叛的滋味，就不會這樣說萌玥了！」奈文好似恢復了些體力，從原本跪趴的姿勢轉為坐著。

「被背叛？難道你也是……」小墨驚呼一聲，因爲她看到奈文的臉開始起了變化。

原本噁心的銅鈴黃眼開始縮小，顏色也開始變化成一般正常人類的眼眸，皮膚開始慢慢剝落，就像蛇在蛻皮一樣，硬如鋼絲的頭髮也漸漸軟化，變成乖順柔軟的長捲髮隨著窗戶飄進來的風而輕揚著。

但最令小墨感到驚心的，是奈文的身上竟然發著一點點跟自己相同的淡色光芒，如果不是因爲木屋裡十分黑暗，走在外頭的陽光下，根本看不出來那層氤氳的柔芒。

「妳說對了，我也曾經被背叛，還是被你們神族的子民背叛的。」沒有過多的情緒，奈文從口袋裡拿出一個淡褐色的髮飾，將那頭深褐色的長捲髮隨手束了起來。

「所以……你也曾經是神族？」小墨不敢相信原本長相噁心、令人討厭的奈文竟然在與魔帝簽訂契約之後整個人煥然一新，雖然算不上帥，但至少皮膚變好了、五官正常了、身上那股臭味也消失了。

「沒錯，在妳們這對雙胞胎姊妹出生之前，我曾經是北城神祇殿下，也就是妳父親的下屬，與式神是同個位階。」奈文拍了拍萌玥的肩，後者稍微喘了一口氣後也跟著坐下。

「那爲什麼……」

「因爲那場戰爭奪走了大多數北城子民的生命，而我雖然沒有犧牲自己，卻被所有北城人民視爲瘟神……

「到底怎麼回事？」

「哼！還說妳父母疼妳，連這個都沒告訴妳是怕自己心虛吧！既然他們不講，那我就告訴妳好了，妳應該聽過北城的雙子之咒吧？」奈文臉上沒有過多的表情，但從語氣上聽起來十分不屑，而小墨聽到雙子之咒後也只是點點頭，並沒有表達過多的意見。

「雙子之咒顧名思義就是只要是雙子都會被下的一種咒語，我們家……也是雙生子。我的父母爲了不讓我們兩兄弟被帶走，所以選擇把一出生的哥哥藏起來，讓我順利通過官兵的檢驗，就這樣過了好幾年，哥哥始終無法像一般的孩子一樣健康長大，更別說有個正常的童年。

而我反倒很順利的進了宮殿，受到妳父親的重視成爲『祭神』，與秋山家的『式神』還有已經被剷除的白宮家的『御神』位階平起平坐。但好景不常……在妳父親即位不久，北城爆發了一場內鬥。

白宮與我們家因爲祭祀的問題長期累積下來的心結而大打出手，如果只是一般的小吵架就算了，但我們都是有神力的神族，彼此都想要在妳父親面前獲得最重要的地位。白宮竟然假藉妳父親的名義，也不知道從哪裡得來的消息，把我哥哥從家裡搜了出來，一時之間我們家是雙生子卻沒有被剷除的消息不脛而走。

那時候白宮不知道對北城子民們做了什麼事情，竟讓我們家附近的鄰居在一夕之間全部假死。哼！那點小手段我還是看得出來，只要時辰一過，他們自然會醒來。

但妳的父親，那個昏君！竟然將那些咒法當作真的，不但下令殺了我的哥哥還說只要替我們家求情的人都視為同黨格殺勿論，他如此氣憤根本聽不進我的解釋，就連秋山想要替我說話也都被勸退了！

我的哥哥活不到三十歲就被那昏君處死，連我和我的父母都被關進了天牢中，直到我逃出了北城侍衛的看守，投入死亡地窖中輾轉見了魔帝、轉化身分成為魔族。

後來神崎靛與式神外出巡民時，我的鄰居們才告訴他事情的真相，加上式神卜卦的結果，證明妳那賢明的父親犯下了錯誤。妳父親才下令釋放我的雙親，但他們連續失去兩個兒子，已經瘋了……出了天牢後不久，他們就投井自盡了……」奈文說著自己過往的回憶，眼眶泛紅又泛淚，但眼睛就像隔著一層薄膜一樣，淚水始終沒有滴落臉龐。

「父親竟然犯下這樣的錯誤……」小墨突然對於眼前的奈文起了惻隱之心，也覺得父親處理事情不夠周到。

「妳的父親知道事情無法挽回，便想找我回去彌補我，但我已經成為魔族，而我也不屑回到那個令我感到傷心的地方。妳父親欠我的債，看是要妳還、還是讓他自己償還，我絕對不會就這樣算了！」憤而站起身，奈文攙扶著力量尚未恢復的萌玥走出房間。

看著他們的背影，小墨覺得他們很可憐。

因爲不去了解、不去相信、不去深知，所以才會將那些反對自己的人視爲異端分子。其實他們也希望自己能有被了解的一天吧！

如同自己過去在人間被欺負一樣，雖然總是安靜的自己待著，但總是會有些看自己不順眼的人來找碴，所以只能讓自己更加強大才能免去被欺負的命運。

小墨無奈的往家的方向走去，她要問問父親事實的真相，如果真像魔帝講的那樣，自己是被丟棄的，那她絕對不會原諒父母！

森林很大片，光是走出來就耗費了老半天的時間，也不知道是不是自己與魔帝定下契約，小墨感到自己的體力消耗得很快，一回到宮殿，連招呼都沒打就進房間早早盥洗完後沉沉睡去。

「我再找時間問父親吧……」睡前小墨在朦朧之中對自己這麼說。

雖然只有一個晚上，但小墨卻覺得自己睡了一世紀那麼久，她沒有做夢，因爲實在太累了，直到第二天早上，她被窗外的鳥叫聲吵醒，躺在自己的床上望著窗外的藍天。

清晨的風徐徐吹來，感覺就像自己躺在草地上那般舒服，天上沒有多少雲朵在飄，有的也只是悠悠的隨風移動，太陽光斜斜的射進了房裡，在地上照出窗戶拱型的輪廓，窗邊擺著一盆含羞草，是她從李婆婆那裡收到的禮物。

「不知道李婆婆過得好不好……」小墨雙手枕在腦後，想起了在人間其實也有開心的時刻。

「墨公主殿下，請問您起床了嗎？」此時侍女的聲音打斷了小墨的思緒，後者只是隨口應了聲，門便被推開了。

「公主殿下，生日快樂！」隨後五個侍女走入房間，訓練有素的向小墨先鞠個躬，隨後拿出一襲美麗的衣裳。

那是一件用霓虹與蠶絲做成的禮服，閃閃發著微光、沒有過多的蕾絲和裝飾，潔白的樣式就像婚紗一樣乾淨美麗，不會過於樸素卻又能顯出小墨高雅的氣質，這件禮服讓小墨目不轉睛的盯著它看。

「這是？」小墨不解的問，今天是自己的生日嗎？總覺得好像還沒到呢！

「哦！因爲天界的時間算法與人間不同，今天是緋公主殿下的生日，自然也是您的生日，這是神祇夫人特地交代我們拿給您的生日禮物。」侍女畢恭畢敬的回答。

「原來是這樣啊……咦？小緋呢？」小墨望了望另一張床，被子與床鋪就像她昨晚剛入睡時一樣整齊，彷彿小緋沒有進房睡覺一樣。

「緋公主殿下正在大殿裡接受儀式的傳承。」侍女們互看了一眼，唯唯諾諾的說。

「儀式的傳承？什麼儀式啊？」小墨一邊換上禮服一邊問。

「就是……繼承神祇之位的儀式……」

「什麼？怎麼可能！」小墨感到不敢相信，但看著低下頭的侍女們，她突然想起自己到森林之前小緋的態度。

「緋公主殿下說要親自跟您說，可是您昨晚回來並沒有到大殿去，所以她就……欸！墨公主殿下！」不等侍女們說完，小墨拎起裙擺跑向大殿。

「妳之前不是這麼說的啊！怎麼會一夕之間我們變了這麼多呢？」一邊跑一邊試著讓自己接受事實的小墨覺得鼻頭酸酸的，耳朵好像也有點耳鳴，但她更渴望知道的，是所有事情的真相。

「神祇之位交接大典，神崎緋，身爲當代神祇的長女，您是否願意接任下代神祇一位，永遠替百姓們著想，將國家大事置於第一位、兒女私情永遠置於最後呢？」式神拿著從靛君身上拿下世代相傳的皇冠，站在小緋面前講著誓詞。

「我願意！」小緋深吸了一口氣，看著來觀禮的子民們，大聲的說出自己的承諾。

「秋山式神本家在此宣布，神祇之位由神崎緋繼承，儀式交接完畢，臣秋山一族，拜見新任神祇，緋君殿下。」式神將皇冠戴上小緋的頭頂後，與眾人齊跪下，恭賀新的神祇儀式交接完畢。

「不！我反對！」剛趕到現場的小墨正好看見皇冠戴在小緋頭上的一刻。

「小墨！」小緋聽見熟悉的嗓音後往後一看，氣喘噓噓的小墨用一種怨恨的眼神瞪著自己。

「妳說過神祇之位要讓給我的！妳說過姊妹之情重於神祇之位的！」小墨大喊著，她不敢相信自己竟然會被親生姊姊擺了一道，而在霎時之間，她也深深的體會到奈文跟他說的「背叛的滋味」，沒想到竟是這樣難受。

「小墨……我……」

「小墨，繼承儀式已經完成了，妳不該對新任神祇如此無禮！」此時坐在一旁的靛君站起身斥喝著沒有規矩的小墨。

「無禮？你們瞞著我偷偷進行儀式，這樣對我很有禮貌就對了？」小墨努力的壓抑自己的情緒，她不希望自己的理智線全部斷光。

「我……」靛君被女兒這麼一問，反倒說不出話來。

「正好，父親大人，我有些問題想要請問您。」小墨咬牙切齒的緊握雙拳。

「妳說。」依然有著威嚴的靛君站在女兒面前，一如往常的盛氣凌人。

「闇夜奈文……是不是過去北城的『祭神』？」

「妳……妳怎麼知道？」

「我怎麼知道的不重要，我只要知道，當初是不是您誤判而害了他們全家？」

「這……我也是爲了人民著想啊！」

「犧牲一個家庭叫作爲人民著想？這是身爲神祇該有的態度嗎？」

「雙子之咒並沒有妳想像的這麼簡單，而且我與妳母親商量完後，決定了……」

「決定了再次將我丟掉？」

小墨不等靛說完，自顧自的說出連自己聽起來都很刺耳的話。

「並不是將妳丟掉，而是讓妳回到人間……」

「讓我回到人間？也就是這一切原本該屬於我的都不再屬於我囉？」小墨打斷靛的話，後者只是沉默不語。

「小墨，不是這樣的，我和妳父親希望妳回到人間一趟，讓我們有足夠的時間找到破除雙子之咒的辦法，這樣妳就可以再回來了！」櫻忙著打圓場，但小墨根本聽不進去。

「那如果你們永遠找不到怎麼辦？雙子之咒並不是最近才出現的詛咒，而是一直都存在的。先不講這個，既然你們提到讓我回到人間，又提到這個詛咒，我問你們，爲什麼繼承者不是我？爲什麼當初是我要被丟掉而不是她？」小墨氣憤的指著小緋說，後者只是低頭不語。

「這……」靛與櫻無法回應小墨的問題，因爲當初就是靛隨機選擇的呀！

「小墨，父親跟母親並不是故意的！他們也是爲了北城才決定要……」

「妳住口！在這裡妳最沒有資格跟我說話！」小墨的理智線就像快要斷光一樣，她一直緊緊的握著拳頭，恨恨的瞪著小緋。

「我……」

「當初說的多好聽，說什麼不重視權利、更重視我們的姊妹之情，根本一切都是假象！」

「不是的！不是這樣的！」

「夠了！我不想要再聽你們的藉口跟理由，早知道天界是如此冷血，我當初寧可不要回來！」

「啪！」一聲清脆的巴掌聲讓現場陷入一片死寂。

「妳怎麼可以講出這種話？」櫻握著自己打在小墨臉上的手顫抖的說。

「先是把我丟掉！然後再像狗一樣的把我撿回來……我神崎墨出現在這個世上好像就是一個錯誤一樣，在人間被欺負就算了……回到天界連親生父母都隱瞞我這些事情……」小墨低著頭，額前的瀏海覆蓋住她的眼睛，只留下嘴唇邊顫抖邊說出那些聽了讓人十分心寒的話。

「小墨……不是這樣的……」

「夠了！我最不需要的就是你們的假惺惺……如果當初知道自己是被丟掉的那一個……如果妳們根本就沒有打算留下我……反正我也不是第一次被丟棄了……」小墨依然低著頭，拒絕聽進小緋任何的解釋。

「小墨，妳冷靜一點！」櫻在一旁輕聲的勸說。

「我已經很冷靜了，我沒有對你們大開殺戒……就已經很冷靜了！」小墨大喊著，眼眶中帶著淚水與憤恨的望著小緋。

而櫻和靛只是無語的望著失控的女兒，一點辦法也沒有。

「我會拿回所有被妳奪走的一切，然後讓妳也嚐嚐看背叛的滋味，還有那些我在人間受過的冷嘲熱諷！」小墨對著小緋狠狠的說。

「對不起……」快哭的小緋難過的看著自己的手足，自己真的不是故意要隱瞞她這些，只是找不到時機告訴她，當初父母早已經決定自己是神祇之位的繼承者，這是她懂事以來就知道的事情。

「小緋，妳玩過拼圖吧！」

「嗯？嗯！」

「現在的妳，想要拼著一片片被自己打破的過去，但就算妳把它們拼得再怎麼完美，那些細縫依然存在，我們之間就像拼圖一樣。還有……有些事情不是一句對不起，就能彌補的。」

小墨轉身離開，留下茫然的小緋難過的望著小墨的背影。

「那些想要跟我解釋的藉口，妳可以在魔域裡告訴我。」小墨在心裡憤恨不平的想著。她快速的騎著馬來到南城，她做了一個決定，一個足以讓北城再次毀滅的決定。

「我要找皇苗。」沒有表明自己的身分，小墨只是騎著馬踏入了南城的大殿。

與自己想像的並不同，北城的大殿裝飾典雅樸素，南城的卻是奢華美麗，大殿上的水晶燈高高吊起，四周都掛著皇苗萌月的照片，用各種不同顏色的相框框起來，地毯也是鵝絨毛的純淨白色，連寶座上都鑲滿著寶石與鑽石，看起來富麗堂皇、美輪美奐。

「你們都退下吧！」一個熟悉的聲音從小墨的後頭響起，接著阻擋不了小墨的隨從與侍女們便紛紛退下，只留下萌玥和小墨相視著。

「我要加入。」小墨沒頭沒尾的說了句讓萌玥微笑的話。

「看樣子妳也體會到背叛的滋味了呢！怎麼樣？不好受吧！我從來沒想過我們再度見面會是這種場合。」

「少囉嗦！妳要不要答應我？」

「當然要答應囉！妳是難得一見的奇才，在這裡妳可以找到自己的歸屬感，把那些自以為是正義的一方給剷除掉。」

「我要怎麼做？」

「只要替我……把北城攻下來，我就讓妳成為北城的神祇……替妳奪回原本屬於妳的一切，如何呢？」

「我答應妳，什麼時候開戰？」

「這麼心急啊！上次被你們打傷的士兵幾乎都死去了，我是因爲跟魔族簽訂了契約才得以存活，新兵培訓還要一段時間，這段期間……妳就跟奈文還有我一起熟悉魔族的一切吧！」

萌玥挑撥和蠱惑一番後，便讓侍女們清出一間房間給小墨作爲休息之處，而有了北城神祇的手足相助，萌玥與新兵們的士氣大增，訓練起來也分外輕鬆。

「神崎緋……妳會爲了得到神祇之位而付出該有的代價。」小墨望著遠處北城的方向，雖然只能勉強看到界河，但她卻知道此時小緋一定也在看著這邊。

這應該就是所謂雙胞胎的神奇感應吧！

第十四章：相殘

大戰開打在即，南城因爲有了小墨的助陣，萌玥訓練起士兵們更是有條不紊。

以前在北城的每天晚上，小墨都會望著窗外的月亮或星星，現在她身在南城，從這裡看出去的風景跟北城全然不同。

北城緊鄰森林，晚上幾乎都會有蛙鳴蟬叫的愜意。

南城緊靠一個鹹水湖泊，淡淡的鹹味會隨著夜風飄到窗前。

慵懶的躺在床上，修長的睫毛輕輕的震動著空氣，接著一片黑的眼前拉出一道光線，瞬間小墨的眼前充斥著房間的燈光，雖然夜深了，但她就是睡不著。

環顧四周，只擺著一張床、一個小型衣櫃還有一雙拖鞋的房間，看起來簡單卻十分空曠，這和自己在北城那充滿粉色系、床頭床尾擺滿了許多娃娃、還有一面專屬自己的連身鏡可以從頭到尾讓自己看個仔細的房間可真是天差地別。

房間應該要有陽光或花香的味道，不然海洋的清新也可以，但無奈除了些許腐鏽的氣味之外，小墨聞不到任何一絲屬於女生該有的清香。

「北城現在應該可以聽到蛙鳴吧！小緋應該抱著那隻泰迪熊入睡了吧！」身材姣好的小墨緩緩的坐起身，她想念過去那段與小緋相處愉快的日子。

「可是爲什麼是我被丟掉呢？」搖了搖頭，小墨終究還是糾結於北城繼承者不是自己，以及當初父母拋棄自己這些事。

「到底什麼時候才能達成？」小墨再次慵懶的躺回床上。「我已經厭倦了呀！每天重複一樣的日子……」

爾後她決定到外頭走走，既然睡不著，也可以順便體會下南城的夜色風光。

「妳還沒睡嗎？」正當她走到萌玥房門附近時，那邊傳來一個帶有磁性的男聲。

「嗯！真想回到過去還是小女孩的那種清幽啊！」應聲的女子語中帶著苦澀。

「妳現在也很清幽啊！」

「不，南城的族人們已經懷疑我與惡魔結盟的事情，只是現在不敢擅自發表言論罷了。」

「有了神崎墨的幫助，我們一定可以順利攻下北城，到時候妳還是會有屬於自己的領地。」

「唉……我的父親曾告訴過我：一旦失去最純真的心，就再也回不去了。」

「在我眼裡，妳還是依然純真。」門外的聲音輕描淡寫的飄著，聽不出任何情緒。

「但在別人眼裡，我與魔族之人已無兩樣。」

「妳很懷念吧?那段無憂無慮的生活。」

「我只懷念身為一個女孩而有的天真、清純還有……好久沒聞到的花香。」才剛拿起昨日由門外的男子帶回來的花朵，立刻成了一堆焦黑的灰燼，那是與惡魔簽訂契約的副作用。

「唉……與惡魔打交道的人會漸漸被魔符附身，最後……」女子望著那堆灰燼嘆了口氣。

「這也是妳的選擇，不是嗎?如同我選擇與魔帝簽下契約一樣，這些魔紋就是誓死效忠的證明。」男子摸了摸自己光滑的頭頂，那符文的顏色感覺更深了。

「我只想要快點奪取北城，結束這種心驚膽跳的日子，這次北城沒有拿到手，霓紗就回不來了!」

「就算北城到手，妳真的覺得她能回來嗎?都過了這麼久了……」

「如果她真的回不來……我會一輩子帶著悔恨，然後又很討厭自己的……」

「看樣子妳很渴望脫離這樣的生活呢!我覺得我倒是挺愜意的。」

「你唯恐天下不亂吧!」

「這是神崎靛欠我的，現在討回來並不算太遲，當然一點也不過分，而且他當初還硬是把我們分開了!我們原本應該在一起的!」

「唉……南北兩城的子民本來就無法聯姻，更別說我那時的身分是公主，而你只是祭神而已，我的父親就算沒有神崎靛的警告，也不會同意我們在一起，就因爲那該死的身分階級。」萌玥再次輕嘆了一口氣，鵝黃的髮色在月光的照耀下，已經沒了光澤。

若隱若現的薄紗展露了萌玥姣好的身材，踏下了床，她來到光頭男子身邊。

「後悔選擇加入魔族嗎？」男子用手抬起了萌玥的下顎，溫柔的看著她。

「你呢？」

那青年只是微微一笑，聳聳肩並未表示意見。

「至少，」轉過身，萌玥看著奈文說：「我知道……你一直都在我身邊，而霓紗也一直都在。」

萌玥挽著奈文離開了房間，小墨來到萌玥房前往裡頭一看，桌上擺著一張泛黃的畫像，畫了兩個很相像的女孩，清純的笑容、親暱的相擁。

「難道萌玥也是雙生子？」小墨心裡泛起了一陣陣的漣漪。「如果萌玥是雙生子，那麼南城也與北城一樣，有雙子的詛咒嗎？」

百思不得其解的小墨回到了自己的房間，萌玥與奈文之間的關係，還有萌玥口中的「霓紗」都讓小墨對萌玥的好奇心再度破表。雖然問人隱私感覺有點失禮，但既然都是同盟關係了，小墨想要搞清楚到底發生了什麼事情，還有爲什麼當初奈文跟萌玥無法在一起的原因是自家父親呢？

隔天一早，天還沒亮小墨就聽到練兵場傳來的喝哈聲，她換上黑色的皮褲與皮衣，戴著露指的手套，穿上一雙深褐色的軍靴，隨手套了件短版牛仔外套，墨色的頭髮發出微微淡光，像極了一名格鬥女神。

「早安。」她來到格鬥場旁，看見萌玥跟奈文兩個依然穿著宮廷服飾看著士兵們操練，她隨口打了聲招呼後，便站在旁邊靜靜的用眼角餘光觀察他們的一舉一動。

「神崎墨，妳一直偷看我們……是有什麼話想說嗎？」奈文冷不防的出現在小墨身後，讓她打了個冷顫之後緩緩轉過身。

「昨天晚上我聽到你們的談話了。」一點也不避嫌、不拖泥帶水的小墨開門見山的說。

「哦？那又如何？」奈文戲謔的笑著。

「我想知道我父親當年到底怎麼了，是不是做出很過分的事情。」

「哼！妳父親當年可是跋扈的很！」萌玥瞥了一眼，接著又把視線放回練兵場上。

「……你們是要不要講？」瞇起墨綠色的眼瞳，小墨對那種會賣關子的人向來沒什麼好感。

「也對，神崎靛搞不好連神崎緋都沒說，怎麼可能告訴妳這個被丟棄的孩子？」冷哼了聲，萌玥戳中了小墨心裡的痛，那樣子與昨晚楚楚可人的模樣完全大相逕庭啊！

「不講算了。」小墨冷酷的外表隱藏了她內心的情緒，正準備轉身要走的時候，萌玥輕咳了下，開始自顧自的講起那段過往。

「我們都知道北城有雙子之咒，凡是雙子都只能擇其一。雖然南城沒有這種可怕的詛咒，但魔帝那邊卻有這類的咒語可以使用——用親手足的血可以強大自己的國土，那是一種黑暗的召喚，名爲『換祭』。妳昨晚如果聽到我跟奈文的對話，那妳應該也看到我房裡的畫像了吧？」萌玥靠著一旁的紅柱，鵝黃的髮絲已經變了色，如同稻草般的粗糙雜亂。

小墨沒有回話，只是點點頭。

「她是我的妹妹——皇苗霓紗，當初南城的神祇繼位者是她不是我。因爲……我愛上了奈文。」

「什麼？這是什麼八點檔的劇情？」

「什麼是八點檔？」

「呃……就是人間的一種電視節目，那不是重點。妳愛上奈文跟妳妹妹是繼承人有什麼關係？」

「當初最原始的繼承人是我呀！在南北城神祇開會的典禮上，我遇見了那時候還是祭神的奈文，我們對彼此可算是一見傾心，經過兩三次的見面與交談後，我們深深的愛上了對方。」

「可是公主與祭神有階級上的不同無法在一起，更別說我們是南北兩國彼此不相打擾的國家，父親處心積慮想要把我嫁給全南城能力最好的男人，也就是當時的式神。」

「神崎靛還在當中攪和，說什麼公主就應該配上最強的男人，還說絕不允許南北兩城通婚，因爲血統會不純正。我呸！不都是神族嗎？哪來血統的問題？他還不是娶了巫女世家的女子，爲什麼王子可以跟巫女在一起，公主就不能跟祭神廝守呢？」

「最後就爆發了奈文家私藏雙子的事情，他逃到南城但卻被我父親拒於門外，我無計可施求助於魔帝，他說只要拿親手足的血作爲交換，他就會幫我給奈文一個重生的身分，我們也能在一起了！」萌玥邊說邊牽起奈文的手，後者也溫柔的擁著她。

「親手足的血？所以妳該不會殺了霓紗吧？」小墨瞇起眼睛，她不想去思考這個問題的解答，反正等等皇苗就會親口告訴她，她比較想知道的是自己也與魔帝做了交涉，戰場上，她會不會對小緋伸出利劍呢？

「沒錯，父親發現我與惡魔有了第一次的接觸後，氣得撤銷了我繼承王位的資格並將我軟禁。如果沒有王位我就什麼都沒有，更別說救奈文了，所以我就在霓紗繼承神祇的前一天晚上，哀求她跟我一起睡，然後……殺了她！」萌玥依偎在奈文懷裡，她的眼中並沒有任何害怕的感覺，反而閃過一絲的幸福。

「妳怎麼可以這麼殘忍！她是妳的親妹妹啊！」小墨不敢相信的脫口而出。

「哼！妳以爲我願意嗎？我還不是帶著愧疚活了這麼久，這段日子只要擋住我的路，就算是創世神，我也會讓祂死！不過……霓紗的死反而讓我得到原本該有的東西，我的王位、我的男人還有我的權力，魔帝也很講信用的讓奈文以魔族的身分重生，還消除了南城所有人的記憶，讓所有人以爲南城只有我一個公主。」

「我聽過所謂的『等價交換』，妳用霓紗的血換取奈文的自由與重生，這樣値得嗎？魔帝的法力是有限的，神族的記憶也不會完全被刪除，一定只是被封印而已。」

「所以最近有很多子民開始出現記憶錯亂的徵兆，只要我攻下北城，魔帝就會再次得到力量，到時候就算那些子民恢復記憶，他們也無可奈何了。」

「神崎墨，妳想想北城的人民是如何對待妳的吧！還有妳的雙親，根本就打定主意不要妳，還有神崎緋那個小人，根本就預謀王位，並不打算讓妳成爲北城之神啊！這麼多的不公平、這麼多的犧牲，難道妳不想要拿回原本屬於妳的東西嗎？」奈文看到小墨的心彷彿略有動搖，趕緊開啓他挑撥離間的模式。

「我會拿回來的！不用你提醒！」小墨就像是被激怒了一樣，憤恨的轉身而去。

對現在的她而言，她一點也不在乎北城的神祇到底是誰繼承了，因爲她光是想到自己被丟棄就覺得無地自容，她要讓小緋也嚐嚐看那種大家都不要自己的感受，憑什麼都是雙胞胎，卻只有自己承受這些苦？

征戰的時間很快就到了，小墨穿起銀色鎧甲、拿起長槍率領著大批隊伍來到界河處，與上次擁有一樣的風光，界河也依然滾著小小的波浪。

但不同的是，上次小墨的身後只有小緋與阿修，這次她的身後卻是十萬大軍；上次她的對手是皇苗萌玥，這次卻是自己的手足與朋友。

在界河的另一端，金黃色的頭盔掩蓋不了緋紅似火的長髮，緋紅色的睫毛上下來回眨呀眨，鮮血般紅色的雙唇就像想說什麼一樣張開著，但隨即又被收了回去，小緋想要向小墨解釋，卻又不知該從何說起，這段日子她也一直連絡不上她，如今就要在戰場上交會了，小緋感到很失望又很害怕。

「我們姊妹間，竟然也會變成這樣……」小緋喃喃自語，紅色的雙眸覆蓋上一層薄薄的水牆，隨著睫毛一眨，化成淚水滑落臉頰。

金色的鎧甲在太陽的照耀之下閃啊閃的，從小墨的角度望去，她看到的是閃閃發光的小緋，但這一幕只會讓她更顯浮躁與生氣。

「那副太陽鎧甲是父親征戰的戰裝，原本應該是我繼承的才對；妳身後的那片國土，也都應該是我的，還有……挺妳的雙親原本也應該要呵護我的！」小墨握緊雙拳，恨恨的瞪著小緋，是她奪走自己所有的一切，所以今天一定要擊敗她。

「以神之名，奮戰！」高舉著劍，小墨聽到小緋還有她身後那群士兵士氣高昂的呼喊聲。

「哼！以魔族之名，你們受死吧！」還來不及反應，小墨看到萌玥舉著長槍，一點回神機會都不給小墨直接往前衝。

「萌玥！」小墨一回神，萌玥已經帶領大軍來到界河旁準備過河了。

而北城的神祇也不甘示弱的帶著她身後的軍隊，踏入界河之中。

接著一陣刀光劍影，南北兩城的實力不分上下，士兵的數量不停的銳減，少了小墨的幫助，存放在阿修體內的神器無法被召喚，北城與南城只能靠實力擊敗對方。

「小墨！妳快住手吧！」正當小墨奮勇殺敵的同時，小緋喊了她一句，因爲那熟悉的呼喊讓小墨分了神，一不注意，北城的士兵就狠狠的從小墨的右手臂削下去。

頓時黑色的液體從小墨的右臂噴出，染上了士兵的劍。

「妳……妳的血……是黑色的……」士兵結巴著不願意相信眼前的事實，因爲只有魔族的血液才是黑的。

「去死吧！」小墨將手上的銀劍一揮，對方已經倒在血泊中沒了生命跡象。

「小墨！快住手啊！他們都是北城的子民！」小緋看到這一幕痛心疾首，她覺得眼前的小墨好陌生。

「哼！少用一副神祇的樣子跟我說話，我才應該是北城的神祇！」小墨心中的不甘心強烈到蒙蔽了自己的理智，大聲的吼了回去。

「神崎墨，跟我聯手吧！有我的力量，妳會更加強大！」此時一句沙啞的聲音在小墨耳邊響起，她很清楚那熟悉的嗓音，畢竟前些日子才見過面而已。

「魔帝，告訴我要怎麼做？」小墨面無表情的對著空氣說話，但從正前方望去，她身後出現一大片黑色的氣息籠罩著。

「把妳的血塗在劍上，那把劍就會變得天下無敵，當然也算是妳跟我訂下契約了，接著妳就可以奪回原本屬於妳的一切。」

聽完魔帝的指令，小墨一點猶豫都沒有，立刻將剛才被砍傷的右手臂在劍背的地方畫下一條血痕，眨眼之間，劍身開始出現裂痕，神之血液順著那條裂痕開始往下蔓延，所經之處發出了刺眼的光芒。

就在整把銀色的劍被染成黑色的墨劍時，小墨的眼神也變了，原本閃爍的眼睛轉爲空洞，原本會微微發出亮光的墨髮也開始消退朦朧的光亮。

「神崎墨，給我殺了神崎緋！徹底的殺了她！」魔帝一看到小墨成了自己的傀儡，嘴角露出計謀得逞的笑容，他冷冷的下了指令，而小墨就像失去意識般的慢慢的走向小緋的面前。

更令人屏息的是，任何擋在小墨面前的士兵只要稍微靠近她就會自動被分屍，戰鬥力高一點的將軍只要小墨輕輕一揮手中的墨劍，就如同被迷惑般佇立在原地，接著南城的士兵就會將其殲滅。

「小墨妳醒醒啊！」看到小墨走火入魔的樣子，小緋心中先是涼了一半，但她真的無法對自己的親手足下手，兩個人曾經這麼要好、這麼交心，難道北城的雙子之咒真的應驗了嗎？她不想要有這樣的結局。

但縱使小緋再怎麼呼喊著親妹妹的名字，也無法引領她離開魔帝的控制。空洞的眼神、輕輕的微笑，小墨知道自己漸漸的失去意識，她知道自己高舉著那把魔帝交給自己的墨劍，對準了眼前的緋髮女孩。

兩人面對面的站著，旁邊的黃沙被風吹起打在戰袍上，南北城的士兵已經全軍覆沒了，萌玥和阿修在不遠處打得難分難解，完全無法分出高下。

「小墨……」

「殺了她。」魔帝冷冷的三個字一出，只見那把劍在墨色身影前迅速的落下，像閃電般的速度打得小緋節節敗退，珍惜姊妹情的她不忍與妹妹互相殘殺便處處退讓，直到被石頭絆倒了身體，跌坐在地上。

「小墨！妳醒醒啊！我是小緋，是妳最愛的姊姊！我們還一起回到孤兒院去看李奶奶，妳忘了她嗎？她不是要妳成爲一個善良的人嗎？小墨！快回來，不要被魔族給控制了啊！」小緋含著淚水，就算今天一定要死在小墨的手裡，她也要把小墨從魔族手中救回來，神族的韌性可不是人族或魔族可以看輕的！

彷彿聽到關鍵字一般，小墨先是微微一愣，臉上的笑容僵在風中，但她依然舉著劍對著小緋的臉蛋。

「是啊……李奶奶說我要成爲一個善良的人啊……李奶奶……小緋……」像是想起了什麼一樣，小墨放下了手中的墨劍，臉上也褪去了笑容。

「小墨！快住手啊！」

「小緋！趁我還沒有完全喪心病狂之前，殺了我吧！」小墨的眼眶開始濕潤，就像恢復了點意識般的求著姊姊。

「往她的心刺去吧！這樣就能奪回妳的所有。」魔帝見小墨動搖了心智，便來到她耳邊下達了指令，瞬間小墨的眼神又更加空洞了，她很快的恢復了淺淺的微笑，就像被下了迷藥一樣舉起墨劍往小緋的心臟刺去，完全不理會小緋在地上的呼喊聲。

「小墨！唔……」小緋還沒反應過來，突然感受到一陣疼痛。

一把利刃握在小墨手裡，而尖銳的部分則穿過自己的心臟，從背後延伸出刀鋒，而就在刺入體內的瞬間，一陣風將緋紅色的頭髮吹起，鮮血濺得四處都是，倒地的神祇微微顫抖著，血液從她的身上濺出，有的在一旁的地上形成一朵朵血花，有的拉開了一條美麗的弧線，同時也染上了第二順位繼承者的臉龐。

「小墨……快醒醒啊！不要被……控制了……」忍著疼痛，小緋用盡力氣呼喊著妹妹。

「姊……對不起……但是……妳去死吧！」隨後劍被拔出，猛地再度刺入了女孩的體內，就這樣來來回回，直到眼前的手足沒了呼吸、沒了心跳。

就像變成了另一個人一樣，小墨用力的將利刃往右猛地一拉……接著一顆血淋淋的器官順著利刃滾落地。

看著倒在血泊裡的親人一動也不動，小墨的手上握著姊姊的心臟，噗通噗通的微微跳著。

「妳爲什麼不逃走呢？小緋……小緋……對不起……小緋！」用劍撐著自己的身體，小墨半跪在屍體旁，臉上依然帶著笑容，但更多的是早已滿面的淚水。

她知道自己不想要殺死她的，她只想要給她一點教訓，然後讓她知道自己曾經過得這麼苦。

但爲什麼……一聽到魔帝的話，自己就無法克制自己了呢？

「不想看……就不要看了吧！」魔帝來到小墨身後，遮住了她的視線。

而就在那雙手覆蓋住自己的眼之前、就在那一切都消失之前，小墨看到小緋的臉上，如同自己一樣掛著淺淺的笑容。

第十五章：重寫預言

「哈哈哈哈……我得手了！我得手了！天界終於也要被納在我的版圖之下了！」魔帝在小緋斷氣的那一刻，開心的在空中飄著，他身後的黑色氣息不停的擴張，往南往北各自延伸。

「什麼你得手了？講清楚！」就像被解除封印般，小墨在魔帝放下遮掩住自己的手之後，恢復了意識。

「神崎墨啊神崎墨，憤怒的心情會讓人鑄下大錯的呢！」魔帝舔了舔嘴唇後，從小墨的左邊飄到她的右邊。

「你……難道我被利用了？」

「唉呀！果然冰雪聰明呢！我告訴妳，天界、人間、魔域三個空間彼此是互不相擾的，但只要天界失去了領導者，妳知道的，『弱肉強食』嘛！就會被人皇或是我併吞，但人皇早就不管事了，他也沒那個能力跟我爭，所以……天界和魔域就都是我的了，哈哈哈哈……」

魔帝講著讓小墨心頭爲之一震的真相，難道自己真的成了魔族的殺手？

「你不是說……我可以奪回我原本該有的一切嗎？怎麼現在又變成是你的了？」

「神崎墨，妳是不是跟我訂下契約了？我跟妳說唷！皇苗一族也跟我簽契約了呢！」

「這我知道，講重點！」

「呵呵呵！天界兩大神祇都與魔族簽訂了契約，成為我魔帝的族人，那麼……天界等於沒有神可以管理了呀！裡面的神族接下來都會變成魔人，壯大我魔族之力了啊！哈哈哈哈……」

「不……怎麼可能……」匡啷一聲，小墨手中殘留小緋血液的墨劍掉在地上，在碰地的瞬間化成一灘黑水。

小墨癱坐在小緋的屍體旁邊，難過的看著漸漸飄往北城的魔帝。

「是我……是我殺了小緋……是我讓雙子之咒應驗的……」顫抖著身體，小墨不敢相信自己竟然是應驗這詛咒的始作俑者。

「如果不要這麼貪心……如果不要這麼義憤填膺……如果不要意氣用事……如果……如果……已經沒有如果了……小緋妳回來好不好？我知道錯了……妳回來好嗎……」傷心的小墨抱著死在自己懷裡的孿生姊姊，沒有歇斯底里的大哭，只是一個人默默的獨自流著淚懊悔莫及。

「我在記憶中勾畫，一筆一畫帶牽掛，

是誰走入我的畫，是最初還是最終的她？」

一生荏苒卻抓不住，消逝於指尖的流沙，
舉起釀成杜康的繁華，我一飲杯中的月光。
夢未醒，夜漸涼，月光穿透白紗窗；
夢一場，獨自觴，共倚夕陽難共享；
夢太長，若不忘，怎抵過回憶漫長；
夢初醒，已相忘，浩淼煙波滿迴廊。」

悲淒的歌聲隨著風飄在南北兩城之間，絕望的唱著媽媽教過自己的歌謠，點點淚光在墨綠色的閃亮眼眸中閃爍著，小墨吟唱的聲音很輕柔的在四周悠悠迴轉飄盪，落下時如同雲煙般化開消散。

「小墨！」一個男子踏著天雲叢劍飛快的來到面前，但小墨就像失了神一樣，緊緊的抱住小緋，臉上晶瑩的淚水滑過臉頰兩側，滴在小緋的臉上。

「小墨！」阿修看到她沒反應，連忙再喊了一次！

但這次，小墨還是沒有反應，只是一直呢喃著早已聽不清楚的歌詞。

「妳給我振作一點！」阿修一巴掌打在小墨的臉上，微喘著調整呼吸，剛才與皇苗應戰消耗了自己體內不少的力氣，要不是有神器幫忙，他也無法撐這麼久。

「阿修……」小墨哭喪著臉抬頭看眼前的男子。「是我殺了姊姊……是我讓天界墮入魔域……是我……」

「夠了！皇苗在小緋斷氣的那一刻整個人都變形了，她變得跟魔族一樣猙獰、醜陋，身上還散出魔族的氣味，就在剛剛隨著魔帝回到南城去了。他們一定是先去接收南城的子民，如果你不振作起來，等一下北城的子民就會遭殃啊！」

「可是……我已經……跟魔帝簽下契約了！」

「只要妳還沒有完全被魔族之力感染，一切都還有挽回的機會啊！」

「什麼……意思？」小墨異常冷靜的望著阿修，她現在無法做其他的思考，懷中的小緋已經沒了體溫，事已成局，小墨不知道自己還有什麼理由可以在沒有小緋的天界裡活著。

「妳的淚水，還是透明的！」阿修指了指小墨的臉龐，略帶開心的說。

「我還是不懂……這跟我的淚水有什麼關係？」

「式神一家為了這天的到來，世世代代都一直努力的研究關於與魔族簽契約這件事，後來我們發現只要還沒有完全被魔帝的黑暗給感染，就有辦法救回來。神的韌性可是比人族還有魔族更加堅定，創世神給予神族的內心也很強大，我們經歷這麼長一段時間洪流的沖洗，都沒有被滅亡，這一次也絕對不會！」

「可是……我感染了惡魔的氣息，已經無法控制自己的神力，我害怕……會拖累北城的大家……還有你，你知道……那種看著親人……在我面前倒下、自己卻……卻無能爲力，接著又……又被操控意識的……的那種恐懼嗎？」小墨一邊哭一邊大聲喊出來，畢竟是自己親手殺了姊姊的！

壓抑得太久，那淚水就像純淨的水滴一樣不停自眼眶中湧出。

「如果妳無法面對自己，那還有誰願意面對妳？如果妳連自己都無法控制，那還有誰可以替妳擋下一切攻擊？妳也算是神祇的繼承者，只要相信自己就有機會勝利！」

「可是……我……」

「如果妳真心的爲了北城的子民們、爲了妳的父母、爲了我、爲了小緋著想，妳就聽我一次！」

小墨看著阿修堅定的樣子，說到底他也是神族的子民，在她面前他可是把創世神交付於神族的韌性發揮得淋漓盡致。於是小墨輕輕的點點頭，她想要彌補自己的錯，她已經殺死了小緋，她不希望接下來連父母還有阿修都死在自己手裡。

「我跟妳說，歐陽跟我講過，只有正統的神祇才能將存在我體內的三種神器結合，但是歐陽只有告訴我結合後會發生意想不到的事情，但卻沒告訴我是什麼事，妳靜下心來，想一想歐陽那天告訴妳跟小緋的咒語！」

「很可惜……神崎墨不會如你所願的！」輕巧無息的魔帝化作一陣煙從南城的方向飄過來，接著化成人形落在他們眼前。

「你！你想做什麼！而且為什麼你的身上並沒有魔族發出來的惡臭味？」阿修將戒備值提到最高，畢竟在他身後是唯一可以挽救神族的神祇。

「不要把我跟一般的魔族相提並論，我可是魔帝，而你的實力還不足以傷害我呢！現在……我要接收神崎墨小朋友囉！」

「敢碰她你試試看！」

「哦呵呵……你知道神崎墨現在意識很混亂，自然也是最容易被入侵心靈的時候吧？」

「你想怎麼樣？」

「神崎墨……我要妳……殺了秋山修，讓他一起去與神崎緋陪葬！」魔帝瞪大了眼，對小墨下達了這樣的指示。

「不……我不要……我不要啊！」雖然兩者沒有接觸，但小墨彷彿就像被控制一樣，雙眼變得空洞，手腳開始不協調的抖動著。

「小墨！冷靜下來！」阿修舉著小緋的劍擋在小墨面前，不停的安撫她。

「阿修……快……走……」小墨感受到體內一股黑色的能量正在醞釀中，她如果不想辦法壓抑那股氣息，自己一定很快就會像剛剛一樣被操弄。

「不！小墨，我相信妳一定做得到！深呼吸，我體內的神器在等妳喚醒他們，我也會在這段期間保證妳的安全！妳唯一要做的就是克制自己，只有心才是我們最大的敵人！」

「哼！任何人都無法躲過暗黑的力量，神崎墨！馬上動手！」魔帝不屑的看著阿修握住小緋的緋紅劍，對著他身後的神祇繼承人下達命令。

「天澤火雷聽我命，風水山地回我令，八卦玲瓏展其身，天界神祇現陽陰。」小墨像是想到什麼一樣，嘴裡唸著當初歐陽老伯教過自己的靜心咒。

沒想到這一唸，小墨不但感到體內的黑色能量開始消退，甚至覺得有一股清新的暖流從心臟開始往四周的血管散去，她感受到自己全身上下都充滿了力量。

「可惡！我怎麼可能讓到手的天界白白葬送！既然你們找死，我就送你們去死吧！」魔帝抽出一把充滿黑色氣體的劍，看上去沒有實體，但隨便揮舞兩下，一旁堅硬如黑鐵的大石塊竟也被劈成了兩半！

「我絕對不會讓你碰到小墨一根寒毛！她是北城的希望，碰壞了你可賠不起！」

「大話別說太多，等一下會讓你的魂魄直接下魔域。放心，我一定會交代魔族子民好好對你的！」魔帝與阿修幾乎是同時提起劍往對方的方向衝過去，也許是因爲阿修體內蘊含了三種神器的幫助，讓他的戰鬥力提升了不少，一時之間竟與魔帝打得不相上下！

一陣刀光劍影，小墨看到一白一黑的影子互相碰撞之後彈開，接著又碰撞在一起發出鏗鏘有力的金屬聲。

「小墨！快點召喚神器啊！」轉身一蹬，阿修一腳半跪一腳半蹲的落在離小墨不遠的地方，雖然自己的速度跟魔帝差不了多少，但畢竟魔帝可是魔域的龍頭老大，實力與創世神差不多，漸漸的阿修開始覺得吃力了！

「八卦相生同互補，乾為天、兌澤為金、巽為風、震雷為木、坎為水、離為火、坤為地、艮山為土，八卦創世造神器，速速降臨聽我令！」

小墨站起身並用雙手在胸前比著一個圓，當她唸完這些話後，雙手掌心之間射出一道白若蠶絲的光芒，悠悠的泛著光。

「訂約者、秋山修，天叢雲劍如破竹。」

話語剛落下，阿修的掌心便射出一把長約三百五十公尺、寬約五十公尺的巨劍，不偏不倚的插在小墨右前方。

「訂約者、神崎緋，八咫鏡變幻如夢。」

接著一把鑲有玉塊的鏡子也從阿修的掌心飛出來，接著它的形體開始慢慢變大，直到跟天叢雲劍一樣大的時候，握把的地方順勢插進了小墨的左前方地上。

「訂約者、神崎墨，召喚八尺瓊勾玉。」

最後一顆如辣椒般的玉塊從阿修掌心慢慢浮出來，隨著玉身越來越靠近小墨，它開始變成一把巨斧，匡啷的插在小墨的正後方，如此一來小墨就被包圍在三項神器之間，形成一個倒三角的陣型。

「以神祇之力做為契約、以神之血脈做為見證，神之繼承者——神崎墨，在此將神器融合以鞏固天界、守護神族！喚醒古器降魔落！」

接著那三項神器就像聽懂小墨的命令一樣，將自身抽離土地後開始繞著她旋轉，速度越來越快、越來越快，最後連小墨的身影都看不到，只剩下一圈光暈環繞著。

「不——」魔帝一看心也慌了，他連忙衝上前去想要阻止小墨，但是阿修也不是省油的燈，提起緋劍擋在小墨面前。

「說了你碰壞了賠不起，怎麼硬是要闖呢？如果真的想死，我可以助你一臂之力！」阿修舉起劍擋下了魔帝的攻擊。

一旁的小墨飄浮在空中，接著她所在之位發出了一聲巨響，如同聽到近雷一般震耳欲聾。

「十大神器，訂約者——神崎墨，以自身的生命做為簽訂的條約，速請降臨於天界。

【東皇鐘】毀滅天地；【軒轅劍】斬妖除魔；【盤古斧】開天闢地；【煉妖壺】收納宇宙；【昊天塔】吸星換月；【伏羲琴】支配心靈；【神農鼎】曠世奇藥；【崆峒印】不死之泉；【崑崙鏡】穿越時空；【女媧石】復活生命。

十大力量由我掌控，魔域、人間、天界就此三空隔離。」

小墨喊出了當初歐陽老伯告訴自己的咒語，隨即天空出現十個身影。

「吾乃十大神器之首——東皇鐘，率領其於九大神器同降臨，召喚者，報上名來。」手中拿著一個鐘的男子，留著長長的鬍鬚，面相莊嚴的看著小墨。

「召喚者，神崎墨，北城之民、神之子。」小墨回應。

「神崎墨，妳可知神器一出便會見血？」東皇鐘問道。

「是的，我知道。」

「即便如此，妳還是要借我們的力量嗎？」

「是的。」

「寫下血誓，吾等會替妳實現心中所想的一切。」東皇鐘器靈說完，連同其他九個神器器靈一同消失，留下十項神器在空中飄著。

小墨舉起手，用力的咬破手指，用流出來的血液在各個神器上面寫下「墨」字。

「東皇鐘……犧皇再現……

軒轅劍……牲玉共呈……

盤古斧……自尊自愛……

煉妖壺……己飢己溺……

昊天塔……即刻悟領……

伏羲琴……能無懼心……

神農鼎……破曉時分……

崆峒印……除奸祛蠹……

崑崙鏡……詛將所滅……

女媧石……咒將所破……」

小墨一邊寫上自己的名字，一邊唸著神器上的銘文。

「啊——」正當小墨就快要寫完最後一個字的時候，阿修已經遍體鱗傷的倒在地上，魔帝正用腳踩著他的頭，不停的蹭啊蹭！

「阿修！」小墨想要去幫助他，但她卻發現自己走不出十大神器設下的結界。

「如果妳踏出去了，契約就會終止，請三思。」東皇鐘器靈的聲音在耳邊響起，小墨一咬牙，把最後一個筆劃寫上去。

「召喚完成，請唸出最終咒語。」十大神器器靈一同發聲。

「最終咒語？我不知道什麼最終咒語啊！歐陽只有教我教到這裡！」小墨急得像是怕趕不上投

胎一樣，剎時間她的眼角餘光看到阿修不停的被魔帝左踢右打，她的心臟就像是做完激烈運動般的快速跳動著，眼看著十大神器就要降臨了！怎麼自己在緊要關頭卻不知道發動的咒語！

「等等！祢們……犧……牲……自……己……即……能……破……除……詛……咒！」小墨定心一看，把剛才在神器上的銘文每一句的第一個字連起來看，竟然是一行隱藏句！

「犧牲自己即能破除詛咒！」小墨快速的再次大喊。

「那麼，神崎墨，妳準備好了嗎？」

「好了！快點啊！阿修要被打死了！」就像是按下了洗衣機的啓動開關一樣，十大神器開始轉了起來，越來越亮的光芒覆蓋了整個天界。

「不！不！不！我辛辛苦苦打造起來的世界，不要啊——」魔帝看到那刺眼的光芒便喊了起來。

他之前也對十大神器有所耳聞，只是過去悠長的歷史沒有任何一個神族發動成功的神器，竟讓神崎墨發動了！

「神器一出天界毀。」十大神器幾乎是同時發出聲音，沒有音調、沒有情緒。

「阿修！」小墨來到阿修的身邊，後者的臉已經腫得跟豬頭一樣。

「小墨，妳……妳做到了！」

「可是我們會死……我們會死啊……」小墨扶起阿修，將他的頭枕在自己雙腿上。

「無所謂……因為妳打破了雙子之咒，妳的子民、妳的後世，都會傳唱這段佳話……」阿修一邊說一邊吐出鮮紅色的血液。

「阿修……對不起……是我親手毀了天界……」

「不……不要哭……妳沒有做錯……是妳……救了天界……如果……沒有妳……發動神器……如果妳……沒……沒有發現……最後的咒語……我們都會被魔帝吸收……所以……所以……妳是天界的救世主啊……」阿修的嘴角掛著紅色的血液，舉起右手輕撫著小墨的臉頰，後者早已泣不成聲。

「妳……的眼淚……一直……都是……晶瑩剔透……的……的樣子……真……真好……」

「阿修……」

「如果……我們都……會死，我……很開……心這輩子……認識了妳們……兩姊妹。」安詳的閉上眼睛，阿修臉上帶著笑容，如同小緋最後死去一樣。

接著一隻手從那迷霧白光中伸出來，慢慢的插進了小墨的左肩下方處，接著猛地一抽，一顆血淋淋的心臟被捧在那隻手中，噗通噗通的規律跳動著，小墨微微一笑，她好像看到小緋和阿修在她面前對她招著手，站起身，小墨朝著兩人的方向跑去。

「轟——」一道白光將天界淹沒了，瞬間所見之處都化成一堆虛土，而來不及逃回魔域的魔帝也被那道白光給掩蓋了身軀，化成一堆白骨躺在沙地上。

後記

「哇——哇——哇——」響亮的哭聲此起彼落，產婆與侍女各抱著一個女娃兒從房裡走出來。

「恭喜神祇大人，兩位公主都十分平安健康呢！」產婆向在面前的神祇微微欠身，後者臉上帶著驚訝又驚喜的笑容。

「雙胞胎？」神祇幾乎是用喊的發聲。

「是呀！兩位公主的眼睛很像您，炯炯有神的樣子將來必有大將之風呢！」產婆說道。

「讓我看看！」神祇走到兩名女娃的面前，左右各抱著一名走向臥房。

「親愛的，妳辛苦了！我們的女兒都很健康呢！」

「讓我看看。」剛生產完的神祇夫人看到兩個女兒微微張著嘴，小手握拳安分的擺在胸前，可愛的樣子讓夫人也感到十分開心。

「那要取什麼名字呢？」神祇支開了侍女與產婆後，開心的與妻子討論著。

「嗯……依照她們的髮色來命名吧！」夫人說道。

「髮色？」望著躺在床上的兩個女兒，神祇與其妻子會心一笑。

「嗯！取單名吧！感覺會很適合她們呢！」

「那……就緋與墨吧！」神祇與妻子笑開懷，躺在床上的兩個雙胞胎女嬰緊緊握著對方的手，呼呼睡去。

時光飛逝，兩個女孩都已經來到十六歲亭亭玉立的年紀。

「神崎緋！神崎墨！快點過來！」

「是的母親大人！」

這天兩個孩子在花園裡玩拋接球，神祇夫人一喊，兩人一點都不敢怠慢連忙跑進書房裡。

「今天要跟妳們講個故事。」

「太好了！我們最愛聽故事了！」

兩個女孩席地而坐，母親的手中不停的織著毛衣。

「妳們知道之前，天界曾經爆炸過一次哦！而在那次爆炸之前，天界分爲南北兩城，北城長期以來一直被『雙子之咒』給纏著，只要是任何雙生子都只能選擇一個留下來，另一個就要被丟掉或殺掉！」

「什麼——怎麼這樣！」

「小緋，耐心聽媽媽說完！」

「好……」

「直到某一代神祇夫人產下了一對雙胞胎，她們跟妳們的名字完全一模一樣唷！但是她們並沒有逃過雙子之咒……」

「沒有？那她們最後怎麼了？」

「小墨！媽媽說過不可以插嘴唷！」舉起手，神祇夫人輕輕的拍著小墨的頭。

「噢！好啦！嘻嘻！媽媽您請繼續說！」

「她們一出生就被父母決定了誰去誰留，但是啊！就像命運捉弄人一般，被丟棄的那個女孩竟然……」

書房裡傳來神祇夫人溫柔而緩慢的聲音，說著過去北城的那段故事。

創世神在那次爆炸之後用了幾乎所有的神力重新建造了天界，但也因爲消耗太多體力而被迫回到八卦主所在之地修養。

他聽了八卦主的建議，將「神崎」這個姓氏連同他努力趕出來的「天界文獻」傳承給新一代的神祇。

不知道是造化弄人還是冥冥之中都已經注定好了，新任神祇的孩子如同當年的小緋與小墨一樣，是雙生女而且有著一樣的髮色。

但不同的是天界已無南北城之分，而解除詛咒也使得這一代的小緋與小墨不需要分開了。

美好的故事會傳唱在世人口中、永遠留在人們心裡。

雙子的傳說也會一代傳一代，永無止息。

培育文化
奇幻魔法 13

血祭雙生

作者　溫妮
責任編輯　紀維芳
美術編輯　蕭若辰
封面/插畫設計師　小道

出版者　培育文化事業有限公司
信箱　yungjiuh@ms45.hinet.net
地址　新北市汐止區大同路3段194號9樓之1
電話　（02）8647-3663
傳真　（02）8674-3660
劃撥帳號　18669219
CVS代理　美璟文化有限公司
TEL／(02)27239968
FAX／(02)27239668

總經銷：永續圖書有限公司

法律顧問　方圓法律事務所　涂成樞律師
出版日期　2014年11月

國家圖書館出版品預行編目資料

血祭雙生 / 溫妮著. -- 初版. --
新北市 : 培育文化, 民103.11
面 ;　公分. -- (奇幻魔法 ; 13)
ISBN 978-986-5862-39-8(平裝)
859.6　　　103019290

※為保障您的權益，每一項資料請務必確實填寫，謝謝！

姓名		性別	□男 □女
生日	年 月 日	年齡	
住宅地址	郵遞區號□□□		
行動電話		E-mail	

學歷

□國小 □國中 □高中、高職 □專科、大學以上 □其他

職業

□學生 □軍 □公 □教 □工 □商 □金融業
□資訊業 □服務業 □傳播業 □出版業 □自由業 □其他

謝謝您購買 血祭雙生 與我們一起分享讀完本書後的心得。務必留下您的基本資料及電子信箱，使用我們準備的免郵回函寄回，我們每月將抽出一百名回函讀者，寄出精美禮物以及享有生日當月購書優惠！想知道更多更即時的消息，歡迎加入“永續圖書粉絲團”

您也可以使用以下傳真電話或是掃描圖檔寄回本公司電子信箱，謝謝！

傳真電話：（02）8647-3660　電子信箱：yungjiuh@ms45.hinet.net

●請針對下列各項目為本書打分數，由高至低5～1分。

項目	5 4 3 2 1	項目	5 4 3 2 1
1. 內容題材	□□□□□	2. 編排設計	□□□□□
3. 封面設計	□□□□□	4. 文字品質	□□□□□
5. 圖片品質	□□□□□	6. 裝訂印刷	□□□□□

●您購買此書的地點及店名

●您為何會購買本書？

□被文案吸引 □喜歡封面設計 □親友推薦 □喜歡作者
□網站介紹 □其他

●您認為什麼因素會影響您購買書籍的慾望？

□價格，並且合理定價是 □內容文字有足夠吸引力
□作者的知名度 □是否為暢銷書籍 □封面設計、插、漫畫

●請寫下您對編輯部的期望及建議：

★請沿此線剪下傳真、掃描或寄回，謝謝您寶貴的建議！

2 2 1 - 0 3

新北市汐止區大同路三段194號9樓之1

傳真電話：（02）8647-3660

E-mail：yungjiuh@ms45.hinet.net

廣 告 回 信	
基隆郵局登記證	
基隆廣字第200132號	

培育

文化事業有限公司

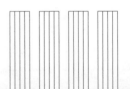

讀者專用回函

血祭雙生

培養文化育智心靈的好選擇